BANQUETS

宴

一场盛宴，百味人生

陈阁——著

百花洲文艺出版社

图书在版编目(CIP)数据

宴 / 陈阁著. -- 南昌 : 百花洲文艺出版社,
2021.11
ISBN 978-7-5500-4433-3

Ⅰ. ①宴… Ⅱ. ①陈… Ⅲ. ①散文集-中国-当代
Ⅳ. ①I267

中国版本图书馆 CIP 数据核字(2021)第 208348 号

宴 陈阁 著
Yan

责任编辑 杨 旭
特约编辑 张立云
装帧设计 潇湘悦读
出 版 者 百花洲文艺出版社
社 址 南昌市红谷滩新区世贸路 898 号博能中心一期 A 座 20 楼
电 话 0791-86895108(发行热线)0791-86894717(编辑热线)
邮 编 330038
经 销 全国新华书店
印 刷 长沙市精宏印务有限公司
开 本 889 毫米×1194 毫米 1/16
印 张 16
版 次 2021 年 11 月第 1 版第 1 次印刷
字 数 200 千字
书 号 ISBN 978-7-5500-4433-3
定 价 78.00 元

赣版权登字 05-2021-371

网 址 http://www.bhzwy.com

目 录

大盘子

中盘子

小盘子

金盘子银盘子

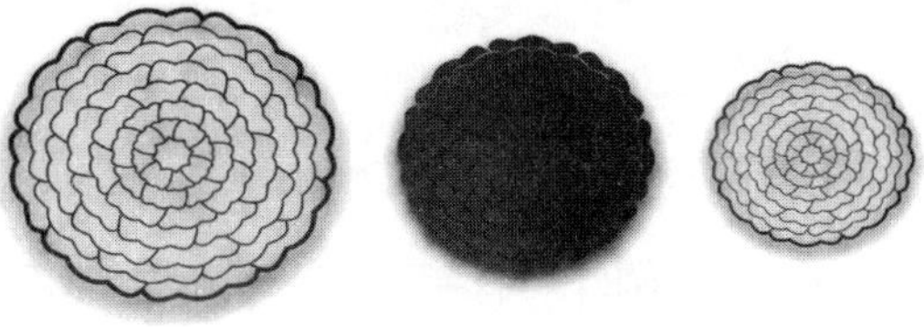

大盘子

一辈子的感动

有些感动，我记了一辈子。之所以刻骨铭心，是因为那一瞬间真的被深深打动了，并从此成为我精神世界里亮着的一盏明灯。

我珍藏了一个红包，这一藏就是几十年，并且还要继续藏下去，直到我生命的终点。是什么红包值得如此珍惜？

其实，不是大恩大德，而是一些看似稀疏平常的事情，但是在特殊的时间、特殊的地点、特殊的人生境遇下我被深深地打动。

人大都有一段迷茫困苦的日子，我也不例外。青年时期的求职生涯不堪回首，一道道坎横在眼前，仿佛是那翻不过去的山一样，让站在山谷里的我茫然不知所措。山风在耳边呼啸，带着一种讥笑嘲讽的声音，在我的四周环绕："你的人事问题我们解决不了。""我们没有编制。""你竟然能进我们单位？""临时工分一半福利给你就不错了。""没有后台关系靠自己改变命运很难的。"

世界关闭了所有的大门，还会留一扇温暖的窗。在我极度困苦迷茫的那段时间里，身边的那些好人，他们眼里看到了别人的感受，并力所能及的送去温暖的阳光，哪怕那光很微弱，一样让我感到温暖。

单位的财务室会计大姐，一位和蔼的美丽的女人，总是偷偷地告诉我可争取到的应得的利益。有些我完全不知道的报销，她特意提醒我可以怎么操作。每次我工作上取得一点进步，她总是当着很多同事的面夸我……

单位的新闻部主任熊大哥，一位和善可亲的湘乡人，总在不经意间对我进行帮助和鼓励。“你还年轻，要多出去采访，多接触一线，对你的成长有帮助，另外要多看好书名著。”“你的嗓音、形象条件很好，将来一定会挑大梁。”

努力斗不过体制，最终人事局一句“实在解决不了你的编制”，把我给打发走了。21 岁的我，哪里懂得这世上的鸿沟深不见底，呆傻萌地准备跌落另一个低谷。

离开，是为了更好的开始，我当时确实是这么想的，事后证明也是对的。都说“天下乌鸦一般黑，”但我要狠狠地驳斥这句话：荷花出水有高低！

在嘲笑声中，财务大姐和熊主任依然对我鼓励，叮嘱我在未来的路上一定要保持良好状态。“努力吧小伙子，等到你成功了别忘了告诉我们。”

依依惜别，财务大姐把我送到了门口，她突然往我口袋里塞了一样东西，我伸手往兜里一摸，我立刻知道大姐给了我一个红包，我很不好意思地看着大姐，连连说着谢谢。“我知道你困难，大姐和熊主任商量，以部门的名义给你点钱，能帮到你是我们的荣幸。”大姐拍了拍我的肩膀：“注意身体，到了哪里给大姐打个电话啊。”

我正要转身离开，突然听到身后传来声音：“陈阁，等一下。”我回过头，看见熊主任从远处跑过来，手里拿了一个包裹，气喘吁吁跑到我面前。“这是我昨天让儿子去书店买的，两套世界名著，你有空就多看看，多阅读对你有好处的。”

从登上客车到离开这座小城，再到达下一座城市，我心里充满着感激。人生开始了新的启航，每遇到迷茫困苦的时候，我心里存下的那些感动，总能化作一股强劲的力量，激励着我奋力前行！……

湘潭，我曾经工作过的地方。如今，我经常来住住的地方能望见湘潭。有些感动是一辈子的事，谢谢财务大姐！谢谢熊主任，祝你们中秋节快乐！

天堂没有紫甘蓝

我曾经有个好朋友，她喜欢吃凉拌紫甘蓝。她有一双弯弯的眯眯眼，嘴角两个浅浅的酒窝，一口洁白的牙齿，笑起来整张脸好似杭州西湖边春天里那一树桃花。特别她在吃亲手制作的凉拌紫甘蓝的时候，总是一副很灿烂的样子。

她是个才女。她姓丁，毕业于西湖边那所著名的艺术学府，年纪轻轻已是大学教授，还有自己的艺术创作设计中心。可谓青年才俊，年轻有为，前途无量……我无数次心里默默地赞美过她。

青春总是躁动的。那时我们一帮年轻人，眼里带着无尽的美好，流连忘返于西子湖畔佳景里。南屏晚钟，柳浪闻莺，雷峰夕照……一段徒步、一杯清茶、一首好歌、一群好友，如同磁石和铁。五六个青年，每周必约一次，大家轮流做东，在家里备下最拿手的家常好菜，每人再自带一道菜肴，凑足一桌丰盛的晚餐。

才女小丁，最爱带她色香味俱佳的凉拌紫甘蓝。紫甘蓝切成丝，加入果仁，用自制的酱料拌匀，最后再撒几粒黑芝麻，盛在那乳白色保鲜盒里，和谐色彩下透着一股浓浓的清香。不愧是艺术家，连做菜都讲究审美情趣。

三人同行必有我师。感谢生命里的那些朋友，他们总是在不经意间带给我见识和学问。小丁虽是画家，可她更爱谈摇滚，崔健、窦唯、披头士、滚石、黑色安息日……曾经陌生的名字，在她眉飞色舞的畅谈中，让我们发现了一片新天地。不要轻视身边的任何人，说不定他或她就是一座金矿，一旦挖掘也许让你富得流油。

最后一次和小丁畅谈，是在一个风雨交加的傍晚。印象里那是我见过的杭州最大的一场雨，仿佛天上的大坝决堤了，大水倾泻而下。我把电视声开得很大，想掩盖窗外呼啸水声带来的恐惧。我听到雨声会产生莫名的恐惧。

我不知道小丁敲了多久的门，才让我反应过来有人在门外。开门的一刹那，雨水飞溅而入。只见门口站着一个人影，轮廓朦胧，身后是疯狂舞动的雨雾。从雨衣包裹下的阴暗处，我看到了一排洁白亮点，我太熟悉这个表情了，我认出是小丁来了。“雨太大啦，我来你家避避雨。”小丁带着她灿烂的笑脸挤进了门。

咯咯咯的笑声，一声声敲击着墙壁。小丁永远在笑，笑声掩盖了窗外狂躁的风雨。小丁那天到底说了什么，我一句也想不起来，记忆里只留下了她的笑声。一个爱笑的人，应该是快乐的人吧。小丁没有理由不快乐。

可是，明天和意外不知道哪个先来。三天后，朋友突然打来了电话：“小丁自杀了。”我整个人僵在了原地很久很久。我嘴里反复念叨那句话：她前天还来过啊，我前天还见过她啊……一切来得太突然，就如前天那场猛然而至的狂风骤雨一样让我惶恐不安。

作为朋友，我极力想知道小丁到底经历了什么？她内心到底隐藏了什么秘密？到底是什么击垮了那张笑脸掩盖下的她？可是，这一切都成了谜。唯一知道的，她应该活得很痛苦，一直与内心无法化解的矛盾抗争，她在朋友们面前演出了一场华美的泡泡梦。她内心一定闯进了妖魔，拳打脚踢，短兵相接，直到心力交瘁，实在撑不下去了，实在演不下去了，这出人生剧才以如此决绝不完美的方式收场。“自不量力的还手，直到死方休。”这绝对不是她的初衷，她还有很多梦需要实现，她还有那么多爱她的人需要陪伴，她还要去追她的摇滚明星，她还要去准备精美的凉拌紫甘蓝……

我从此不碰紫甘蓝，这成了一个挥之不去的灰暗记忆。我还特地做了一期节目，我采访了大量的案例，想彻底了解在当时还陌生的病症——抑郁症。随着采访的深入，我了解了这个疾病的可怕，知道了导致抑郁症的内在因素和外部促发因素。

我们都在关注朋友的成功，祝福身边人能够功成名就，期盼所有人都能衣食无忧。可是，极少去关注身边人的心理问题。这是一个不可忽视的社会问题，大量的数据表明，越来越多的人内心闯进了魔鬼。

实在累了，就歇一歇吧。实在痛苦，就放弃吧。实在不开心，就和朋友敞开心扉说说吧。成熟太苦，就活得幼稚点吧……人生有无数种可能，最成功的可能，哪怕粗茶淡饭，哪怕平淡无奇，也要和快乐相伴一生。好的心态，安静的生活，是上天恩赐的丰盛礼物。就像畅销书《活好》里所说的：“每个清晨醒来发现自己还活着，我就会发自内心感到喜悦。正因为活着，才能开始崭新的一天；正因为活着，才能有不期而至的美丽邂逅。”

【友情链接：抑郁症的几大前兆：对什么都没有兴趣。没有胃病，没有消化道疾病的情况下，突然出现长时间的食欲不振，不想吃东西，或者对吃什么都不感兴趣。没有明显的原因引起心慌、心悸，老是不开心。生活动力不足，不愿出门，精力不集中，非常缺乏安全感。没有什么大病，但是总觉得浑身乏力、容易失眠……如果出现以上这些症状，应该引起重视】

肖战的故事

此肖战非彼肖战，尽管他俩都一样歌声悠扬，一样帅气十足。

某日看到娱媒报道“歌星肖战”的消息，我心里微微一颤：难道我那老哥们肖战出名了？我将信将疑点开了新闻……

多少有些失望，我认识的肖战依然是无名之辈。可他在我记忆里停留的那份光耀一直闪烁不息。

在当年那个少年的心里，肖战是他最崇拜的歌星，这个“明星”触手可及，他的歌声如影随形。肖战与我同一个年级，课间休息和放学后，我们几个“文艺小青年”总是如胶似漆地玩在一起。

安静下来的校园，空空荡荡的教室，讲台成了舞台，同学成了歌迷，肖战把作业本卷成筒状，拿着“话筒”款款上台，开始了他的“演唱会”。《迟到》《一条路》《告诉我》……这些脍炙人口听了八百遍的歌，每一次从肖战歌喉里唱出，在我们心里都如春天里盛开的花儿一般鲜艳夺目。

“演唱会”渐入高潮，趴在课桌上的我们不知不觉已经骑上了桌子，眼睛里放射着兴奋的光，四肢情不自禁挥舞。书香教室，被几个活力四射的“马达”闹腾得轰鸣作响。

“演唱会”结束，开始了“模仿秀”。我们几个观众开始尝试着模仿肖战的演唱，肖战则站在一旁指导。每每听到自己那不听使唤的“公鸭嗓”，根本无法发出肖战那股清亮的声音，对肖战崇拜得更加五体投地啊。

上学路上也是一次行走“演唱会”。肖战的母亲是个冷若冰霜的女人。每次路过他家，这个女人总是冷冷地看着我。我从来没有进过肖战家，我根本不敢进去，每次我都站在门口，等待肖战吃完早饭带着一身的豆腐乳和酱菜的味道，在他妈骂骂咧咧的声音里，拐过屋角我们立刻手搭着肩膀唱着歌奔向学校。

某日，学校公告栏里一则广告让我们几个文艺少年兴奋不已：省艺校来招生了。我们七嘴八舌谈论着这件大事，一致认为肖战同学当仁不让应该带领我们大家去大城市应考。

我们在家长们将信将疑的审视下，开始了这场“哥伦布”式的探险行动。几个少年兜里揣着十块钱，像一群鸭子一样“咕嘎咕嘎”在左摇右摆的车厢里亢奋地奔向远方……

报名、面试、等待。初试公榜，肖战落选了。我们几个歌迷目瞪口呆，无法忍受这个残酷的事实。对自己偶像的遭遇，真真切切地感到无比心慌，我们仿佛从此失去了人生方向。

我们的人生确实发生了巨变。教室“演唱会”销声匿迹了。我们几个文艺青年像被霜打了一样，蔫不拉儿的没有了活力。每次上学路过肖战家，我都加快脚步，身后经常传来那个冷酷的女人严厉的骂声：唱歌能当饭吃吗？不好好读书肖战你死路一条。

几个月后，我离开了家乡，这一走就是几十年。我断断续续能从家乡人的口中得到肖战的消息。听说他不再唱歌，学习美术了。后来听说他考上了师范专科学校的美术系。再后来听说他去某地中学做了美术老师。

十五年后，我其实见过一次肖战。那时我刚发达，在省城大单位工作，兜里有几个钱了。肖战从教书的小县城来到省城看我，我请他吃了一顿便饭，聊的什么完全没有印象，反正肯定不再聊唱歌了。那次见面成了唯一，从此我们之间杳无音讯。

后来听说，他在家乡告诉别人，我请他吃了一顿豪华大餐。

肖战的歌声，才是我少年时代最美的“豪华大餐”。

当年错过的那几个亿

有的人一辈子粗茶淡饭，笑看人生，一生心安，真真挺好。有的人撞上机会，可是没有眼光，一次次错失良机。有的人就那么一两次机遇，果断抓住了，从此不再为五斗米折腰。

一

一个敦实的男子某日在北京胡同里溜达，他路过一老宅子，发现门口一块垫脚石比较眼熟。他掏出钥匙扣，用小剪子刮去垫脚石一小片皮后，眼里立刻闪过一道亮光。男子当即找到房子的主人，愿意花一百块钱买下垫脚石。男子买石头的理由轻描淡写，老宅女主人觉得这块破石头垫在门口很久了，黑不溜秋的也不太好看，喜欢就拿去吧。再说人家愿意出一百块钱，在当时相当于一个月的工资呐，不算一笔小数目了。

有关这块石头的来历，说起来话长了。很久以前，一辆军绿色吉普车奔驰在京新国道公路上，新疆的早春还很寒冷，车里几位干部谈笑风生，他们此次去兰州执行任务，顺便去拜访老上级。那个年代，人们都很淳朴，拜访上级最多也就带点土特产意思意思，再加上制度严格，上下级关系风清气正。

新疆的特产主要是瓜果，可是当时处于早春时节，瓜果大多是上一年的存货，不太新鲜了，送给首长不太合适。带点什么给老首长呢？大家突然想起了前段时间在野外施工作业，捡到了一些特殊的石头。这些石头看似普通，其实在新疆待过十年以上的老西北眼里，它们还是有点特别的。

当年不兴收藏，没什么人花高价买这些石头，但它们又确实让人感觉不同凡响。作为一件特殊新疆特产送给首长，大老远拉过去，觉得还算礼轻情意重。干部们快步来到库房，在仓库角落石头堆里，选了一块最大的，把石头简单用报纸一包，放入吉普车后备厢，驱车赶往兰州。

一阵寒暄，首长见部下送来这么一块黑乎乎的石头，忙于工作没有多想，就把石头放在办公室角落里，时间一长也就忘了。石头被工作人员搬回首长家后一直放在厨房。后来女主人觉得碍事儿，干脆让这块黑石头放门口做了垫脚石。

若干年后，老宅子主人当年在新疆的部下找上门来，问当年送给首长的那块石头还在吗？首长已经老眼昏花，想了半天才想起那块垫脚石。可是，这块石头早已易主。

这块重达十公斤价值上亿的和田羊脂玉，被路人一百元买走，从此消失得无影无踪。旁人都扼腕痛惜，这么大笔财富就这么漏了。可首长只是淡淡地笑笑，这位历经风霜的老干部，早已对身外之物无动于衷。

二

当年，我年轻，干着一份电视台导演的工作。在一个秋高气爽的季节，我领了一笔公款，背了个背包到处溜达。

那是件很惬意的事情，打着工作的名义，花的不是私人的钱，到处溜达搜罗可以拍专题片的人和事。真有点古代钦差大人的感觉。走到哪有人都笑脸相迎，人家巴不得你来宣传。好吃好喝完了给你介绍一大堆先进人物先进事迹。我装模作样听着，心里多少也有个判断，知道他们推销的东西多半没什么拍摄价值。

“回去研究研究。”我抹抹嘴起身告辞，让他们慢慢等吧。其实他们也不一定真盼着摄制组到来，估计有些人也是找个借口花公款吃喝而已。我是他们的道具，或者是挡箭牌。

有一天，我溜溜达达打着哈切，走进了一个幽静的古村落。我也不知道我是怎么走到这么个穷乡僻壤的，估计喝醉酒被当地宣传部门同志送到这里的。

反正一进村口，酒劲儿就醒了一半。为什么？被吓的。村口古树下，一条溪流潺潺流过，河上一座油亮古桥，桥上坐着三十几个衣衫褴褛的中年男子，一个个或坐或蹲，目光呆滞直直地盯着我这个陌生人。人群鸦雀无声，但又明显感觉到一股躁动，几十双眼睛都集中在我身上，我有种恐惧，感觉他们随时会上来动拳脚打我。

及时赶来的一个干净胖子给我解了围。他是这个古村唯一的在外头混得好的文化人儿，他叫老何，退休前也是电台的记者。

老何退休后回到了村里，住进了父母留下的老宅。他明显是接到了山外宣传部门工作人员的电话，才赶到村口迎接我。

我至今耿耿于怀的是，我第一个进村宣传，外界才第一次了解了这个幽闭的古老世界。可是等到村庄出名了开发旅游了，我再进村的时候，不但没人迎接我，当年迎接我的老何见到我竟然装着不认识了。

我后来才知道老何的故事。他退休本可在城里安享晚年，他选择回到家乡古村，据说是为了破案。他的父母在一个月黑风高的夜晚，被人砍死在了床上。案子一直没破，但认定是劫财无疑，据说劫走了家里许多宝贝。

随着我在古村落采访的深入，知道这是个曾经富裕的世外桃源。全村人都姓何，他们的祖先不知什么时候携带巨额财宝，逃进了这个幽闭的山区，建造了无数雕梁画栋的恢宏建筑，让清华大学建筑系的教授都啧啧称奇。

我在村里住了半个月，这里没什么女人，每座败落颓废的大房子里住着脏兮兮的老单身。他们多数一辈子没结过婚，有一家兄弟俩竟然共一个女人。因为古村闭塞，或者慵懒坐吃山空富不过三代，反正后来村子里家家户户穷困潦倒。因为穷，没有女人愿意嫁进古村来，一群老男人就这么守着一堆破房子，生活在一个黑暗阴湿的村庄里。夜深人静，总感觉街头巷尾充满着强烈的躁动不安。

后来，我发现家家户户家里用的碗竟然都是青花瓷，我好奇地花了十块钱买了一只小碗，碗底题款是明代的。听说有人买碗，村里的那些衣衫褴褛的单身汉，好像抓到了致富的活财神，一个个争先恐后提着一篮子长满黑垢的青花瓷要卖给我。老何躲墙角，看在眼里，一脸阴沉。我连连摇手不要，我完全没想过靠这个发财，那几年我脑子里想的事反正肯定没有发财这事儿。

五年后我悟过来再去，那些村民已经改头换面，村口古树下变成了烧烤摊，单身汉们的目光变得炯炯有神，信心满满准备迎娶山外的新娘。当我提起青花瓷的事儿，他们连连朝我摇手装着什么事也没发生过了。我当年懵懂无知的这一拒绝，几篮子明代古瓷，事后才知道拒绝了上亿啊！

古村后来脱贫，应该有我当年踏进山来宣传的“蝴蝶效应”，点滴恩惠，泽被苍生，此生荣幸！这何尝不是一笔更有意义的人生财富呢。

三

福兮祸所伏。有些机会，事后来看，十足的灾祸。当年我谋到了一份财经方面的工作。“发财了发财了”某老哥哥不停地对着我重复这句话，我完全懵圈，不知道他说的发财了指的是什么？

有时候做人老实或者笨，并一定是件坏事啊。傻人有傻福！后来才明白，我干过的不愿干的那份发财工作，是只下金蛋的“母鸡”。我硬是把母鸡给杀了，连口鸡汤都没喝到，我也懒得去炖那鸡汤。

当我自由了，别人屁颠屁颠乐呵呵接手了我的那摊子事儿。人家把这只“母鸡”的价值充分挖掘出来，几年下来，风生水起，名利双收。

可是，后来的事实证明这只“母鸡”是只黑乌鸦，谁要是靠得太近就容易倒霉。我的前任和接我班的哥们都因为“黑乌鸦”被罚没一个多亿，破了财也就算了，没想到最终还锒铛入狱。人为财死 ，鸟为食亡。为财而生祸端，人间不值得。错过这几个亿，完全不可惜，再给我一次机会我也不要。

这些年，错过的机会，唯一有点后悔的，就是当年没早点具备理财意识。时代给予所有人机遇，那些名正言顺发财时机，可惜因为胆子太小，彻底和那几亿失之交臂了。

不过，有俗语道：有横财必有横祸。这话听起来有点迷信，可是无数活生生的例子证明了这个说法。某人中了几百万，结果麻烦不断，最终弄得自已焦头烂额，众叛亲离，还染上了生不如死的毒瘾……

昨日看了一篇文章：当年在 327 国债事件中获利颇丰发横财的那批人里，不止一位的人生际遇都像是遭遇魔咒一样：魏东后来因为抑郁跳楼身亡。袁宝璟四兄弟因故意杀人罪三人被判死刑一人死缓。周正毅因虚报注册资本、操纵证券交易等数罪并罚锒铛入狱 16 年。刘汉兄弟因涉黑杀人被判极刑。今年，戴志康因为民间集资入狱。有人惊呼“327 横财魔咒”太神奇太可怕了。

难怪当年那位老哥哥神秘兮兮地半开玩笑对我说：哪天你要是在资本市场里发了大财，赶紧隐姓埋名偷偷过低调日子去。拉倒吧，我只求每年在市场里赚点旅游费就知足了。我终于也算明白了，那些手握几十亿资金的人，平时就普通得不能再普通，穿一双布鞋和粗布衣服，躲在某个犄角旮旯一敲键盘进出几千万。高调秀财富的，多数最终活得提心吊胆。人间还有什么比自由自在更珍贵呢?

有雪的春节才温暖

冬季有雪的日子才有趣。雪花是高级气氛营造大师，总能恰到好处给凡间带来温暖的天使般的喜悦。

那些幸福的童年，梦幻里不能没有奇妙的“白雪公主”。谁的人生里没有几次因为冰雪带来的激动与感动。就连那最理智的老者面对满天飞雪也会喊出一句：瑞雪兆丰年呐！

庆幸自己生活在一个四季分明的地方，春有繁华，夏有虫鸣，秋有红叶，冬有瑞雪。大自然就是这样贴心，变着花样给你惊喜。

童年记忆里对雪的爱总带着几分温暖和欢乐的味道。裹在厚厚的被子里，忽然听见远处传来阵阵欢快嬉戏的声音，探出头望向窗外，一夜之间大地已悄无声息被装点得银装素裹。那些露在厚衣服外憨态可掬的笑脸让雪地变得无比灿烂。

记忆里最美的那几场雪，当然包含着浓浓的情谊和爱。情和物一旦融合在一起，神奇之花永久绽放，一辈子都能嗅到那花香弥漫。

年少最刻骨铭心的浓浓年味儿，一定是有雪的年景。鞭炮鲜红的包装和脆响，特别合白雪的气场。

大年三十儿，当家人们踏着雪地里的脚印欢快地奔向那一桌热气腾腾的年夜饭，长辈们一脸期盼走出厨房在围兜上搓了搓油腻的手，随手拿出一挂早已备好的鞭炮在雪地里点燃。

噼里啪啦……烟雾缭绕，炮仗拥抱着雪花在空中肆意飞舞，年的声响顿时和鸣，鞭炮声、问候声、欢笑声，一个以瑞雪为背景的热闹新年开启了。

我曾经十分迷恋北方的年味儿。傍晚从南方出发，坐上慢悠悠的绿皮火车，等到早晨醒来，车窗外已是一片白雪茫茫。温暖的车厢和外面的白雪世界莫名让人感到幸福。

北方村落家家户户门口的红灯笼高挂着，实在是雪地上最美最炫的装点。每到傍晚时分，红灯笼散发着迷人的气息，辽阔雪原仿佛成了静默陪伴着的粉丝，注视着“明星”大红灯笼熠熠生辉。

寒冷衬托下的温度总是如此明亮。冬天的萧瑟在艺术家的眼里总是别具一格。我看过一幅雪地画作，画的是冰天雪地的森林里一座被冰雪覆盖的房子里透出一丝丝暖光，那束温暖的光有种摄人心魄的安详。

温暖安详的世界特别容易被催眠。我曾经在影院睡过此生最美妙的一觉，《极地特快》那辆开往北极冰雪奇缘童话世界列车里，我在影片声效中不知不觉深眠，梦里身临其境般的在温暖的车厢里和小男孩一起奔向北极，去拜访那个为我们准备了礼物的圣诞老人。

没有冰雪的圣诞，就如没有佳酿的喜宴一样让人失望。圣诞老人那身白胡子红帽子红袍子装束，只有从雪地里款款走来才显得格外神圣。

二十年前，在一个冰雪的季节，我第一次踏进欧洲的土地。冬天苍茫清冷特别符合欧洲的气质。白雪皑皑的法国和瑞士，给旅行增添了无限的遐想。站在凡尔赛宫的落地窗边，望向古驿道两边高傲的行道树尽头，雾色茫茫传来几声乌鸦鸣叫，马车铃声由远而近，路易一世巡游狩猎的车队踏雪归来了……

我们的旅游车队被大雪困住了。我半梦半醒之间被台湾老导游叫醒，他一路在温暖的大巴里，用手持话筒轻声叙说着古老欧洲的故事，诉说着自己的故事，诉说着别人的故事。我一度十分迷恋他的声音，那是一种温暖安详的味道。

拥堵车龙静止不动，台湾老导游果断把我们领进了旁边的高速公路休息站。踏着雪地，我远远地就感受到了休息站大厅的温暖。推门而入，圣诞的气息扑面而来，主人温暖的笑容也紧随而至。

休息站老板一家人热情地接待了我们。男女老幼在厨房里忙碌开来，穿梭的身影在厨房与餐厅进出之间已经给我们备好了一大桌丰盛的圣诞大餐。

炉火散发着温情，我品尝着圣诞味道，感受着法国人友善的眼神，手风琴的旋律在耳边回荡……这个异国圣诞雪夜，终生难忘！

那些铭刻在心里的雪夜记忆，是生命里蕴藏的老酒，时间越久越感到醇香。我相信，一个人生命里蕴藏的宝贵记忆瞬间越多，他的人生就越发充实。内心的丰富世界让他一辈子都不会感到孤独。

冬天萧瑟的日子，那些和雪花飞扬融为一体的故事，总是和心里的暖意交织缠绕在一起，让心中升腾起无与伦比的幸福味道。

最美的雪夜包含着情和爱。在许久以前那个安静的有雪的夜晚，在那首歌里等待那个人。风雪中推门而入的那个温暖身影，以及那份灿烂得像雪一样洁白的笑容，永久地珍藏定格在我生命的时空里。

喝酒

要过年了，免不了要喝酒。团圆的日子，亲朋好友欢聚一堂，酒中自有真情在，一切尽在酒里。酒过三巡，微醺淡淡，把这一年的故事和心酸与亲人分享，欢笑唏嘘之间，感叹时光荏苒，不失为一种幸福。侠骨和柔情，始终围绕在酒桌的周围。

酒逢知己千杯少。世上知己最难逢。人的一生哪有那么多的知己。我活到这把年纪也碰不到几个知己。所以，遇知己围桌痛饮抒豪情的机会不多。

唯一一次喝醉酒，还是二十出头在女同学的婚礼上。我不知道怎么搞的，那天是菜好吃呢还是看见同学找到好归宿高兴呢还是咋的，就是把自己给喝高了。

人家新郎官都没有喝醉，我这客人喝得酩酊大醉，后来与新人合影照相也乱站位置，不知道的还以为这人有什么伤心事儿，容易让人产生误会。

水浒里有句台词：色乃刮骨的钢刀，酒乃穿肠的毒药。喝酒坏事的例子生活里多极了，相信每个人都听说或亲眼看见过，最多的糟糕例子就是酒后开车闯祸，最终搞的家破人亡。

喝酒固然有点好处，就是艺术家创作或者商人为达目的时喝酒。据说很多艺术家喝点酒才有灵感，比如王羲之、李白什么的，许多伟大作品“把酒问青天”等等都是酒后灵感迸发出来的。

都说酒后吐真言。其实酒后吐出来的真言祸害无穷。水浒里的宋江酒后写了一首反诗给自己带来无穷无尽的灾难。酒后误事，民国时期长沙两个城防司令也是因为酒后误事，导致“文夕大火”把整个城市焚烧殆尽最终降罪枪毙。

多数酒后吐真言的人等酒醒了，这真是覆水难收，都十分后悔自己那张嘴把不该说的都说出来了。当然，借酒装疯的除外。

我曾经在西部某小城短暂工作过，这里酒风彪悍，经常上着班就一群人吆五喝六去家里围炉涮菜喝酒。

一帮男人喝到五分醉，就开始逐渐话唠，车轱辘话颠三倒四。喝到七分醉，开始什么话都说了，互揭对方的老底，还有揭领导老底的，“某总当年就是个喂猪的……”喝到十分醉，一帮醉鬼一言不合就动手，幸亏烂醉如泥手脚无力，一两个回合各自倒地呼呼睡去。

喝醉酒在室外睡着了是件极度危险的事。在寒带地区，特别是俄罗斯，据说每年有大量的醉鬼因为在室外睡着而冻死。我有一年在北方过年，就听说了某话剧团的一位优秀男演员嗜酒如命，某天夜里喝完酒回家睡倒在了路边，第二天被人发现时已经被冻死了。

我常常假装喝醉，不得不装醉。我不爱喝酒也不胜酒力，但是在无奈的聚会场合，为了不扫兴，为了表示我也喝醉了什么也没听到，我得慢节奏咪个一两杯。我喝了酒容易脸红，看似喝多了其实脑子无比清醒。

我装的若无其事醉眼迷离，耳朵却把别人酒后的“真言”记得清清楚楚明明白白。一两顿聚餐后，就把单位的各种事各种人的底细摸得门儿清。第二天大家清醒过来，都装着什么事也没发生。

我短暂工作过的小城单位里一群人都是省城大学一个系毕业的，绝大多数都做了领导，唯独一个不知道什么原因，依然做着普通职员。

每到年底单位聚餐，他都要借酒装疯，半真半假地说一些风凉话，有一次还酒后追着某大领导要打他。领导也不好翻脸，只能在各酒桌间逃窜，头上那从盖住秃顶部分的长发，早已四散飘荡，样子狼狈不堪。脸上虽然笑嘻嘻的，心里难受至极又拿这个破罐子破摔的元老没办法。

面对大领导的狼狈，大家心情各异，想看又不敢看，多数人装醉或假装交谈，其实眼睛余光和耳朵都集中在追打现场。更有幸灾乐祸者，眼睛虽然看别处，但眼里抑制不住兴奋的光，心想期待这出好戏很久了。

酒桌上的虚伪无处不在。有些聚餐聚会实属无奈，毫无意义。一帮神头鬼脸的人说着不着调的客套话，每过一分钟都如坐针毡。面对这样的酒局，把自己喝醉实属犯傻没必要。

面对不三不四的酒局，加上一些嗜酒如命的酒鬼毫无底线的灌酒，我的躲避神器有三样——湿毛巾、半杯茶、上厕所。

没必要喝的酒，礼节性和对方碰杯抿一口然后笑眯眯看着对方走开，快速拿起桌上湿毛巾抹一下嘴，口里的酒也就浸入毛巾里了。

有个别劝酒者，会死死盯着你把杯中酒一干而尽。这时就要拿出表演的功夫，嘻嘻哈哈插科打诨，喝酒的肢体动作夸张，使出声东击西的方法，转移他的注意力，把口腔里隐藏的酒在装作喝茶时巧妙及时地甩去包袱。

我见过最无奈的喝酒者，躲在厕所里使劲抠自己的喉咙，几声巨大的咳嗽呕吐，随之而来的酒腥味充满卫生间里每个角落，他酒后的难受也随之化解。

可是，抬头看见镜子里的自己，布满血丝的眼睛里满是眼泪，一种活着不易的眼泪。

世上最美的酒，都离不开真情和幸福。人生得意须尽欢，莫使金樽空对月。知己、家人、佳人或佳境、无忧、快意，都是对酒当歌人生几何的绝美时刻。

聚餐

多数超前意识容易让人理解为神经病。多数“反其道而行之”容易被众生嘲笑。就如布鲁诺说地球是圆的被人活活烧死一样。

所以，恰逢其时，水到渠成，不仅适用于人生成长，也适用于推出某些不被众人理解接受的观念。

昨晚师生群有某位老师提出“抗病毒特殊时期应该改变大家的聚餐习惯”的说说，他的观点与我不谋而合。

我曾经几个月前在朋友圈发过一篇类似的帖子，当时是去朋友家吃饭，发现他们家早就实行了公筷夹菜的习惯，觉得这个习惯很好，就写了一篇呼吁改变聚餐习惯的东西。很快就有人留言了，尽管措辞比较含蓄，但我一看就明白意思：你真多事。

我立刻就把帖子删了，心想确实多事，人家爱聚不聚，关你屁事啊？再说了聚餐习惯已经深入骨髓，一千多年下来大家就爱聚在一起其乐融融的吃吃喝喝聊聊怎么滴就不行啊。

当习惯成了习惯，一切就成了理所应当没人去怀疑他的对错以及到底有哪些问题。

恰逢其时显得尤为重要。柏杨写的《丑陋的中国人》假如不是放在思想刚刚解放众人渴望反思的1985年出版，这本书放在今天可能会被无数人嗤之以鼻。鲁迅犀利的文风假如不是写在当年那个呼唤觉醒的时代，放在今天写这么直戳痛处的东西你试试，立刻就会被网民群起攻之恶毒地污蔑为“愤青”。

尽管我认为“愤青”都是优秀的，都是真心忧国忧民的，他们没有私念，他们有的是对事物的独到见解和改变糟粕的热情，就想唤起大家的觉醒，就如历史上那些伟大的革命者一样。

我完全没有自诩为先知先觉者的意思，我只是喜欢观察，观察下来发现了问题就喜欢在这里和大家叨叨。啰哩啰嗦是招人烦的，那些整天在电视上叨叨叨叨的人没有几个有好下场。比如厦门大学某湖南籍姓易的教授，比如上海戏剧学院某余姓前院长，比如北京那个讲国学的什么丹……

一个民族剿灭一切文化大师是可怕的。网络上黑人不择手段，包括那些已经彪炳千秋的文化大家，被各种真真假假对隐私的披露，来满足众人的窥探欲和恶毒心理。

精神食粮何其珍贵！中华民族五千年延续至今多亏了那些具有“分餐制”独立思想的精神滋养。

祖先那些文化精华和生活智慧是值得骄傲的东西。包括在餐食上的真理。都说真理掌握在少数人手里，其实真理就在祖先流传千古印在我们的血脉里，只要我们稍加思考并加以适当改变就能事半功倍。

熟悉汉唐遗风看过汉唐文艺作品的就知道我们的祖先是怎么吃饭的。历史上著名的一顿饭《鸿门宴》上，项羽与刘邦排序有别一人一张小桌子，一人一个盛放食物的大鼎，各自有各自的刀叉碗筷，自己吃自己鼎中的食物，说明我们的祖先过去吃饭是分餐制的。

稍微懂点历史的就知道，大汉大唐是中国历史上最强悍的时期，周边强敌环伺，匈奴屡屡犯境，面对这种局面，我大汉大唐剑指四方，铮铮男儿所向披靡，铁蹄之下无对手，打下了我华夏广阔的基业。

匈奴打不过大汉大唐，逃窜到了欧洲，竟然让古欧洲帝国土崩瓦解。可想而知，在那个冷兵器时代，我们的华夏先辈体格有多么的威猛强壮。去看过兵马俑的人，都会被那恢宏的气势所震撼，那可是按真人一比一的比例烧制的，这又充分证明当年汉族人体格的强健。

到了宋代前后，不知道是什么样的因素我们开始从分餐制改为聚餐制了。大家喜欢围着一个桌子共用餐盘吃饭了。长辈或领导为了表示亲热喜欢用自己的筷子给晚辈或下属夹菜了。

有一次帮领导的忙给人主持婚礼，都说靠山吃山，在我近二十年的职业生涯中，我厌烦靠山吃山，拒绝去挣违心劳神的那份钱。可是有些邀请无法拒绝，比如领导的吩咐。

主持毕，回到饭桌，领导为了表示热情和关心，用他的筷子夹了各种大鱼大肉放我碗里让我快吃，可是我在他夹菜的那一瞬间，分明看到他筷子上沾有许多碎渣残叶啊，这菜你让我怎么吃啊？

我脑子里进行着激烈的思想斗争，这菜到底吃还是不吃？不吃有驳领导面子，再说了领导一直盯着我让我吃呢。反正后来好几天都恶心反胃。

曾经看到演员林栋甫接受采访时说：我从来不与人聚餐，吃饭是一件私事，应该把吃饭当隐私处理。那时我还年轻，觉得这人怎么这么装 B，吃个饭还成了隐私问题了。

后来的观察，加上年龄增长对世事的理解能力增加，越来越觉得吃饭真的是件大私事，聚餐的风险实在是太高。

可能有人会找出一堆别的什么理由来说明问题，否认因为用餐习惯的原因导致的交叉感染体质下降。我也没有有力证据证明因为聚餐导致了汉人体质下降，只能谈谈自己的切身感受。反正十几亿人找不出几个彪悍强壮的足球运动员。反正乙肝丙肝成了我国病患基数很大的传染病。

亲朋好友之间聚餐无所谓，最可怖的是陌生人在一起聚餐。一堆陌生人坐在一个大圆桌，每个人的筷子在汤汤水水的盘子里搅动翻转，来来回回之间一桌人的口水和菜盘子之间建立了密切的联系。吃进去的除了菜，还有别人的唾沫，以及可能隐藏的病毒。

逢聚餐必定有人高谈阔论，信口开河口水喷溅到面前的菜盘子里。穿梭敬酒站起坐下你来我往间已经把各类不洁之物带入了餐桌。难道还不觉得聚餐存在巨大问题么？

环顾世界各国，绝大多数国家都实行分餐制，欧美就不用说了，无论法国牛排还是美国汉堡，都是各吃各的。日本人也一样啊，首先在日料的摆盘制作上就杜绝了餐食的混合。哪怕印度的手抓饭，看起来也比聚餐来得卫生多了……

在今天这个新冠肺炎病毒肆虐的时候，我再来重复叨叨聚餐还是分餐的话题，估计不会再有人冷笑几声说我“多事”了吧？

立刻进行分餐制，相信确实会遇到一些阻力，老人家会瞪着眼睛看着你把你当个小怪物：今天哪根筋搭错啦？观念习惯需要引导，首先慢慢去改变自己。在当下新冠肺炎疫情严重的时刻，不妨先从使用公筷开始吧。

野味

一

我厌恶一切野味，我始终觉得野味做成菜有一股动物颠沛流离、藏污纳垢后的腥臊味。

我小时候没有能力选择餐食，加上那个年代饥不择食，稀里糊涂吃过一点野味，野猪肉、野鸡肉、野麂子肉、野老鼠肉和不知名的两条腿的四条腿的野味肉。

我庆幸自己没有被肮脏的野味毒死。小时候身边总是有小孩无缘无故暴毙而亡，死前毫无症状毫无反应，突然发病就死了。

甚至他们流出的尿液也剧毒无比，某位父亲抱着咽气的孩子回家，手臂上沾满了孩子流出的尿液，这个父亲的手臂据说从此发炎溃烂医治了好几年。抵抗力弱小的孩子是否误食了不干净的食物导致怪病？反正那个父亲喜欢在野外下套夹野物。

万物有灵，我们千万别忽视动物世界所具备的灵性。它们只是不会说话，或者我们根本就听不懂它们的语言，它们其实聪明绝顶什么都知道，许多能力远超人类。

当地震来临，人类还蒙在鼓里，许多动物就能提前预知。鸡飞狗跳，老鼠乱窜，鱼群惊慌、蚂蚁搬家……许多动物的异常举动，预示着某种不祥之兆。

听过一个故事，在一个电闪雷鸣风雨交加的夜晚，山村某户人家窗口一只小鸟一直在使劲鸣叫。男主人被叫声吵醒，来到窗户边仔细一听，发现是自己曾经捡到的那只后来喂大后放飞的画眉鸟在叫。

男主人把窗户开了一条小缝，笑眯眯地盯着小鸟。此时，小鸟毫不畏惧地飞进来站在男主人的肩膀上继续鸣叫。男主人以为小鸟饿了，去米缸里抓了一把米放在桌子上，可小鸟根本不吃，一直在窗户缝里飞进飞出鸣叫着不肯离去……

突然，男主人隐约听到了屋后传来异样的声响，房子紧接着开始微微颤动，他陡然意识到危险，赶紧叫醒一家人穿上衣服离开家朝远处空旷地带跑去。五分钟后，屋后的山体崩塌，巨大的泥石流裹挟着一切冲向了村庄。除了男主人一家，整个山村灰飞烟灭荡然无存。

二

每次看动物世界，常常被动物们的超凡能力折服。原来动物世界也和人类世界一样存在着情感、秩序、智慧、善良、关爱、心机、狡黠……

草原上曾经流传着母狼喂养人类孩子的感人故事。也听到过动物之间互相照顾互相帮助的动人瞬间。同样，动物之间也存在着尔虞我诈。

我去非洲马塞马拉大草原，听当地人介绍了一种非洲十分聪明的鸟，他们懂得借助人类的力量来生存。它们在丛林里一旦发现蜂蜜窝巢，就会飞过来把人类引向那个隐秘的充满美味的地方，一番与蜂群的扑腾打斗，最后的收获除了自己享用人类还懂得分一杯羹给小鸟，双方合作愉快期待下次继续。

非洲还有一种十分阴险狡猾的鸟，它们自己懒惰成性，把蛋下到别人的鸟窝，自己袖手旁观等待别人把亲骨肉孵化出来并抚养成人。最可怕的是，这种鸟的幼鸟一旦孵化出来，它们在眼睛睁开后所做的第一件事，竟然是趁着辛苦孵化的母鸟飞走觅食的空隙，把本属于鸟窝真正的小主人残忍地推出鸟窝，让它们摔死或者淹死在鸟窝下，以便自己独享未来的抚养生活。

人类是地球的主宰，面对人类的友善或者残忍，动物们的态度也截然不同。有些很温顺的动物竟然会咬人，我亲眼见过黄鳝咬人，见过鸟莫名其妙飞下来啄人。据说某个两国交界地带，动物看见人就疯狂逃离喜欢吃野生动物的某国人，不顾一切越过国境线朝不吃野味的一国奔逃。惹不起还躲不起吗！

我去过的大多数国家，发现在那里动物们都不怕人。欧美国家公路上都有标记，哪些路段会有哪些动物出没，开车时注意观察避让。湖边海边那些野鸭子野天鹅等等根本不怕人，看见人还会嘎嘎嘎叫着迎上来。

我在印度、尼泊尔发现那些游荡在路上的动物也根本不惧怕人，经常迎面走来一条流浪狗，轻声叫唤一声“阿黄或阿黑”它们就摇着尾巴蹭过来了，眼睛里都是善意。

有次在欧洲乡间行车，大巴停车休息时间大家纷纷下车放松，这时我们惊奇地发现一群野生狐狸从树林中跑出来。刚开始大家还有点紧张，后来发现动物们很友善它们不怕人，纯粹想从我们这搞点好吃的。

据说在西藏和新疆的某些保护区，野生动物也开始亲近人类了，这是值得欣喜的一件事情。

三

这个世界的生灵善恶感应都是相互的。你对它好，它就记住你的好。你对它恶，它们也对你失去信任以恶制恶。

有些国家在对饲养动物上尽量善待，他们相信恶劣的饲养环境、虐待式的屠杀不仅仅会影响肉质的口感，甚至会让动物体内因为天性的自我保护产生某种毒素，人吃进这些有毒素的肉类有可能对身体产生健康危害。

我在日本大阪吃和牛，几种吃法尝试下来都美味无比，我认为烹饪是次要的，主要还是肉质的优良。和牛很贵，贵有贵的道理，据说日本养牛场不仅环境优美，还给牛喝优质矿泉水，每天有专人给牛按摩，屠宰场也有一套减少动物痛苦的程序，从而保证肉质的健康鲜美。

我劝你没事还是别去我们周围的那些养殖场参观，那些我们天天以此为食的肉类，竟然是从地狱般的环境里饲养长大的，估计你看完食欲会大大下降。我谨慎吃牛蛙和身上有黑斑的小龙虾，我见识过它们肮脏无比的生存环境。

动物机体有许多自我保护的功能，这已经不是什么秘密。特别是野生动物，恶劣的生存环境让它们具备了许多神奇的保护功能，包括分泌毒素。另外野生动物身体隐藏着许多肉眼看不见的细菌，这些细菌也许对人类会产生致命的影响。这么复杂充满不可预测因素的野生动物肉食，端上餐桌就如端上一颗定时炸弹一般，让人细思极恐。

我曾经在华南某市的菜市场溜达，当走到菜场某个角落，一排排笼子里关着许多穿山甲、蜥蜴、竹鼠、野兔、蛇等等野生动物，一股股的腥臊味扑面而来。

我捏着鼻子看了会儿热闹。那些卖野生动物的店主，一个个身材奇瘦干瘪，颧骨高耸，满脸粉刺，鼻孔嘴唇上翻，眼睛深陷在眉毛乱如茅草的眼窝洞里，两颗眼珠子贼溜溜的发着幽蓝的光。恕我直言，不论是卖野味的，还是来买野味的饕餮吃客，都和笼子里的生物某些特征长得极为相似。

近朱者赤，近墨者黑。相由心生，习性显于形，吃什么像什么。吃野兽多了，长相就会越来越接近野兽。

我在野味市场待了十分钟，憋气憋得满脸通红，在野生动物浓烈骚腥气和人类腋窝下散发出的鸡屎味道里快步逃离……

我发誓，我一辈子不吃蛇，不吃虫子，更不吃野味。

补牙

有一天，敏锐的舌头探到了牙齿有个洞。使劲张开大嘴，镜子里，果然看到了下门牙底部有一个灰暗深不见底的大洞。

我开始感叹岁月不饶人，明白这只是不祥的前奏，这口钢筋铁牙将陆陆续续修修补补又三年。

躺在牙科诊所那张充满诡异气息的床上，时空完全颠倒扭曲，聚光灯异常刺眼，分明感到天空布满了深不可测的黑洞。

一张戴着口罩的胖脸凑了上来，两粒眼珠子瞬间落在了我的口腔里，随后听到了牙医阴阳怪气的叹息：整颗牙蛀掉一半了。

我的铁牙曾经无所不能。他收割了天下一切带骨的、带皮的、带筋的美味，他承受了人间一切的酸甜苦辣，包括那些最艰苦的时刻都熬过来了。

我的牙齿深深记得那痛不欲生的时刻。一塑料袋甘蔗摆在面前，他将拼尽全力把这些邦硬粗粝的东西榨成汁，嘎吱嘎吱直到筋疲力尽。

最绝望的时刻到了。烧烤摊前，一箱啤酒前来助兴，开瓶盖要什么启子，直接用铁齿铜牙揿开。年轻气盛、所向披靡，牙齿就是最棒的炫耀利器。

一口气揪开了六瓶啤酒。帅哥美女们一阵惊叫，心里的成就感不是一点点。邻座的姑娘有些心疼，耳边响起了她温柔的警告：这样子很伤牙的，下次别了啊。

一口好牙就是用来炫耀的。冰冷刺骨的黄汤下肚，斜着醉眼瞥见一地的酒瓶子。青春就是用来糟蹋的。

各种利器在我口腔里捣鼓，每隔几秒钟，口里污水漫溢。我害怕我会被怪异的药水毒死。温柔的护士不停地帮我擦嘴，嗲声嗲气地说：吐了吧。

牙医始终不说话，他严肃的表情完全集中在眉心，急促的呼吸让脸上白口罩像河豚的肚皮一鼓一鼓的。我始终觉得牙医的动作有些野蛮粗鲁，各种冰冷铁器在我口腔里东挖西撬，完全不顾及这是个活人。我一度想放弃，心疼钱才让我没那么做，闭着眼睛听天由命。

我相信绝大多数被推进手术室的人都是听天由命的心态，眼睛一闭任由你们搞吧。眼睛睁开，假如一切顺利，这就是重生。年龄越大，越会明白一个道理：每个人都会走向死亡，最后根本不怕死，而是怕不得好死。善始善终安详走了就是福气，年轻折腾身体的时候，断断悟不到这一点。

牙医在继续折腾，我渐渐感觉自己有些麻木，我的思绪把我慢慢拉到了那些虐待牙齿的过去。半夜竟然爬起来偷吃奶奶的甜食。此生咬碎了多少坚果。刷牙是如此的敷衍……

牙医总算说话了，浓重的嗓音在耳边响起，像滚雷一般打破僵局：你旁边的牙齿还有个洞，要不要补？要补再加 600 元。

我瞬间僵在了床上，松散的神经立刻恢复原状，我飞快判断牙医所言是否属实。“刚才检查的时候捣鼓半天没发现别的问题，现在我躺床上搞到一半你说还有别的洞，你这是在讹钱啊”我心里极度不爽。

可是，我断断不敢把心里话说出来啊，如今已是案板上的肉，只能忍痛让别人割啊。

我含着满口腔的污水，含混不清地发出几个字：斤椅的，听椅的，听你的。

牙医的手感明显轻快了很多，眉心浓重的表情也散开了，护士小姐嗲声嗲气里多了些笑声……

我的表情也松弛了下来，暗自庆幸：这次手术才增加了600块，不算多，在我的承受范围。

这个杀手不太冷

“天黑请闭眼，天亮请睁眼……”对不起，我说的不是杀手游戏，也不想说电影，我想说的是超级杀手莱昂所代表的那种人，以及他们内心不灭的爱和善良。

尼尔·盖曼在《美国众神》中写道：我不怕黑，可我怕躲在黑暗中的人。

活着，你就得面对现实的阴暗与残酷。

如果要举个简单的例子，比如你站在街头，也许远处有几双贼眼早就盯住了你的包，可是你却一无所知蒙在鼓里，这就是最普通的阴暗与危险。

当你的钱包被偷走了，盗窃团伙里也许有某个人会善心发作，重新从垃圾堆里捡起你的钱包，把身份证和银行卡寄给你。人性就这么复杂，小偷也是人。

想起某条重大新闻：某城有个大胆的知情者，在网上公开某城地铁三号线电缆存在重大隐患的秘密，他及时对阴暗的曝光，拯救了每天乘坐的这趟地铁的 34 万人。

他是生产劣质电缆公司的一员，曾经也是一个同流合污的十足杀手，可是他良心发现，不顾个人安危勇敢地揭露了黑幕。他，就是不太冷杀手莱昂似的人。

我相信接下来媒体会给他光环，会用一些高大上的词语歌颂：责任比命大云云。我觉得，人就是这么复杂，又是这么简单，好人可以变坏，坏人可以变好。

相关的名言太多了：人的两只耳朵，一只听到上帝的声音，一只听到魔鬼的声音；人之性也，善恶混，修其善则为善人，修其恶则为恶人。

听说过一个故事，一位客车司机因为不堪受辱，失望至极准备报复，最直接的受害者就是他车上的无辜乘客。当他一言不发把车开上盘山公路前，突然停车跟神经病一样辱骂车上唯一的小女孩，并冲过来扇了小女孩一个耳光，拎着她扔到了车外。

车门轰地关上了，小女孩站在路边绝望地哭着，全车人不理解司机为什么这样做？五分钟后，客车坠入了山崖。

这是一个十足的恶人，罪该万死，最后时刻，仅存的一点点人性让他把女儿般大小的女孩赶下了车。

生活中，同流合污坏得透彻、偶尔闪现善良之光的大有人在。

有些几十年的老单位，里面关系网错综复杂，表面平静实则暗流涌动。对那些刚扎入这缸浑水的新人来说，危机四伏。聪明的半年基本能摸清缸里的成色，蠢一点的估计被弄残了还不知道怎么回事。

俗话说：傻人有傻福。这些傻乎乎不谙世事的“大孩子”，在险象环生的环境里，总有那么一两个不太冷的杀手良心发现，用自己的盔甲护住随时被鳄鱼吞噬的小牛。

有个哥们小 M 生性单纯，甚至有些幼稚，大学毕业后去了南方某省城工作，偏偏去的还是一家浊气很重的老单位。

此君年少气盛不知深浅，不肯低调做人，不久后就莫名其妙混得很狼狈。幸亏单位某位“杀手大哥”侠肝义胆尚存，知道小 M 是个单纯孩子，经常当着其他众杀手的面，说几句小 M 的好话，偶尔邀约小 M 参加同事聚餐。从此，小 M 在单位的境况有所好转。

哥们儿至今还很感谢这个“杀手不太冷”般的大哥。相信每个人心里都有这么一个值得感激的、曾经默默保护过你的“不冷杀手”。

写到这里，我不得不提到电影。那是一部比《这个杀手不太冷》还要让人飙泪的电影，那就是《美丽人生》。这个世界，父辈对孩子的护卫绝对是无条件的。

《美丽人生》里的犹太父亲和孩子被纳粹关进集中营，父亲不仅仅竭力保护孩子的生命，还竭尽全力给孩子编织了一个游戏假象，不想让孩子了解真相，不想让他的童年被悲剧包围。

生活里有太多这样善意的谎言与游戏，也有许多若隐若现的“善良的杀手”帮了你而浑然不觉。

阳光下，善良和爱是无形的，可力量是巨大的。假如你的人生越来越美丽，别忘了他们在你黑暗的路上给予的善良之光。

一个转身就是永别

秋风扫落叶，逢秋悲寂寥。有人眼里的秋天金风送爽，有人眼里的秋天凄凉萧瑟。

每到秋天或春天，我担心那无端的情绪又来袭扰那些内心挣扎着的人们，他们被一双魔爪紧紧抓住控制在阴郁的房间，漆黑中看不到哪怕一丝丝的光亮。

人纵有万般能耐，终也敌不过天命。春夏秋冬，有许多人在季节转换中，无声地和天命抗争……

某年春季的 4 月 1 日，愚人节，这是张国荣逝世 16 周年的日子。

“我一生未做坏事，为何会这样？”这是张国荣生命最后时刻遗书中道出的苦苦折磨他的疑问。他被可怕的天命——“抑郁症”折磨得生不如死。

尽管文华酒店会所的服务生看出了张国荣的异样，感到他今天心事重重，不停地在 24 楼露台边踱步。他内心在挣扎，他点的柠檬水、一包烟和苹果动也没动。

张国荣要服务生拿来笔和纸，并在纸上快速写下几行字。服务生正准备上前询问是否需要帮助时，他扣上了只有在正式场合才见他穿着的西服扣子，迅速跑向露台，然后纵身一跳，他的传奇人生永远定格在了愚人节傍晚的这一刻。

没有任何媒体拍到张国荣跳楼轻生的惨状。俺曾采访的心理专家说，哪怕患上了严重的抑郁症，大多数轻生者不怕死，但是害怕别人看到他们死后的惨状。所以，部分轻生者会选择人群稀少隐蔽的山崖桥梁跳下。

张国荣也准备维护自己最后的尊严。他下午给经纪人陈淑芬打了电话，约她来文华酒店谈事情。陈淑芬和张国荣相交多年，情同姐弟，张国荣信得过她，知道她会很好处理问题的。

陈淑芬按约来到酒店大堂，等了一段时间还没见张国荣现身，她有些着急，走出酒店门口，不停地看表。就在陈淑芬在酒店门口站了不到两分钟，突然听到二楼雨棚“嘭”地发出一声巨响，随后看到哥哥跌落到了马路上。

陈淑芬立刻明白发生了什么，她迅速找来酒店保安，第一时间采取了急救和移除措施，没有因为人群围观而让哥哥尊严受损。

歌迷们只看到了张国荣灿烂的一面，没有人知道他被抑郁症折磨了很久。张国荣功成名就，影视歌三栖明星，星光璀璨，似乎世间名利财富挚友亲情齐全，什么都不缺的完美人生，怎么就被恶疾纠缠？这是哥哥死前自己也在发出的疑问。

同样在十多年前，我的好朋友，一个平时笑容灿烂的才女，著名美术学院毕业，在大学从事美术教育工作，自己还开创了设计公司。可是，这样一位在我们眼里无比成功的人士，却选择了轻生，两次割腕轻生没有成功，第三次选择喝农药死在了宾馆客房。

她为什么一定要走这条绝路，我久久不能平静，后来才知道她得了抑郁症。记得她去世前几天，杭州从来没下过这么大的暴雨，我在宿舍看电视，突然有人敲门，开门一看，她穿着雨披站在门口。依然如故地灿烂笑脸，她笑嘻嘻地说外面雨太大，来你这避避雨。我把她迎进屋，东拉西扯聊到雨停，我没发现任何异样。就这样她走了，一个转身就是永别！

后来我专门做了一期抑郁症的专题片，当采访到相关机构和专家时，才知道随着现代化、城市化的发展，抑郁症竟然如此高发。著名的杭州钱塘江大桥，成了许多轻生者的自杀地，甚至有许多来自外省市的轻生者从桥上跳下。守桥的武警战士，不但要执勤站岗，常常还要跳入水中舍身救人。

“抑郁症发病很复杂，但总体来说城市高于乡村。”心理医生强调。是啊，我们见到的普通人、小城镇人、农民们一个个乐呵呵的，过去极少听说他们得什么抑郁症的。

后来查资料，发现世界上一些大城市伦敦、纽约、东京等都是患抑郁症的高发地。为什么会这样呢？难道真和人们的压力、拥挤、欲望有关？

过去有种误解，觉得城市越现代、越精致、越摩登，人们的快乐感就越强，答案也许是相反的。

城市病一直是世界不可回避的问题。东京伦敦纽约就曾是最不快乐的城市，其中抑郁症高发让管理者头疼。如今发达国家人们回归自然追求本真，很少有人选择住城市而是选择住郊区，让自己有更多机会接近大自然。

我在拍摄抑郁症相关片子的时候发现，部分经济发达地区出现了抑郁症高发趋势。我所在的某大城市身边发生过好几起抑郁症自杀的例子，这是个不可回避的现实。

我始终觉得，城市越来越现代化，亲切感却越来越少。处处搞得很精致，可越来越不接地气。到处高楼林立，却越来越少看到蓝天白云。

比如南方某城建设得很漂亮，规划设计得很好，却缺乏烟火生活气息；某些城市湖光山色布局很不错，却如人造盆景一般毫无亲切感；某大都市很洋派很摩登，却总感觉有种说不清道不明的距离感。

记得某小镇原始古朴，触手可及的自然生态，让人有种回归宁静自然生活的美好。可是后来的改变，让一切美好荡然无存。尽管街道房屋整修一新，用上了最好的建材和布局设计，可就是感觉不到改变的意义。人们用脚做出选择，小镇再也没有了往日的心生向往。

我毫不客气地说，我们在过去的某段时期造了太多的低劣烂房子。建筑的艺术性美观性经典性和诗意荡然无存，一味追求实用性。活在都市，放眼望去，内心常常绝望。多数时候看不到都市的美好语境。

除了城市布局的隔阂，加上其他的比如物价、出行、住房、就医、入学、升职、环境等等压力，住在大都市时刻无法逃避挤压的梦魇，快乐一点点被压力、欲望、失落、困扰等压榨机逐渐挤干。

快乐真的和现代奢华无关，与美好心境有关。什么样的生存环境和生活状态才能带来美好的心境呢？这是一个庞大的系统，人类文明走到今天，“以人为本”的先进理念深入人心。

至少，在街头听到一首情歌，在路边看到一簇野花，在窗外看到一树红叶，在秋天看到漫天杏黄，在路上看到温暖的眼神……这样的环境里，人们脸上的灿烂都是真实的。

关心人的内心感受，这和温饱一样重要！人类是一个整体，相互温暖没那么难。都释放一点人性的光辉，眼前的路就都灿烂了。

“城市让生活更美好，”城市管理者和设计者绝对不能忽视“生活”二字背后所蕴含的真实需求和含义。

看得见青山绿水，留得住乡愁，想想都很美好。美丽乡村建设，厕所革命，垃圾分类……改变，势在必行。

幸亏已经在改变中。只祈求这种改变别南辕北辙，真正理解我们所追求的美好生活的深刻意义再动手打造不迟。

无处安放的眼睛

突然有一天，发现眼睛是个麻烦的东西，因为经常感到眼睛无处安放。

我不想看不喜欢的东西，我又不想让人觉得我不喜欢他，避免尴尬的唯一办法，就是避免面对面直视，或者尽量让他们远离我的视线。

有些视线是避不开的。内心深处发出阵阵厌恶，通过眼睛放射出来。我感到了眼睛里那股忽明忽暗的闪光，仿佛是那川剧变脸一样快速，明的是虚伪，暗的是真实。

可是，当虚伪都懒得掩饰的时候，就只剩下赤裸裸喜爱或厌恶的真实了。眼睛变成了一颗剥了皮的橘子，里面的内容一览无遗。

厌恶其实没什么，对我来说，一个理想主义者，企图做到万事不求人。我又不求你给我发工资，我不喜欢你干嘛要装出一副虚伪的样子？爱咋咋滴，不喜欢，态度全在脸上。

可有时候，这种直接也会带来麻烦，比如要和厌恶相处比较长的时间。一开始就带着杀气，常常这股子劲儿就如化学排斥反应，难免吱吱冒烟。

昨晚坐卧铺软席回家，一进那个密闭四人间，心里立刻担心千万别碰到喧闹。怕什么来什么。我刚坐下，门被推开，随着一声尖利的叫声，扑进来一个皮孩子。紧随其后跟进一个精瘦的戴眼镜女人。我感到了女人一双犀利的眼睛，我和她快速对视，我立刻判断我遇到了麻烦。

不喜欢的人不需要了解，经历让我能快速分辨类型，就如进了水果店看见五花八门的水果就知道什么味儿一样精准。

我努力保持风度，极力想改变那糟糕的气场。我不反对男孩子皮一点，这是天性，可是当孩子皮过头了，特别在公众场合，影响到别人的时候，家长有责任制止。孩子出奇的吵闹，好几次歇斯底里喊叫“混蛋”，也不知道他叫谁混蛋，还哭闹着要把被子扔地上。瘦女人出奇的话多。瘦女人的声音，像极了涵洞里发出的特有嗡嗡声响。电话粥教训人没完没了，就是不教训吵闹的孩子。

我完全崩溃了，眼神完全掩饰不了我的厌恶。在她把零食塑料包装随意扔地上的时候，我终于忍无可忍，嘴里蹦出了几个字。尽管这几个字还算隐忍，从此包厢里化学成分彻底排斥，我的眼睛彻底无处安放。

有种绝望的眼睛无处安放，看不到头。同学、战友、同事、领导，天天要见面，也许在一起一辈子，那种绝望就如受刑。一个厌恶的人和你共事，不被逼疯才怪呢。

我就见过真被逼疯的。两个互相仇视的女人在一个办公室办公，每天都要接受内心的煎熬，眼睛里都是仇恨的光。两道冒着火光的眼神如何安放？最后，其中一人真疯了。

青春的眼神，可以肆无忌惮，没人责怪你的纯真。可是，到了中年大叔了，眼神成了巨大的包袱。眼睛里复杂不可避免，看也不是，不看也不是。

到了一定年龄，长久看什么都容易让人误会，旁人会觉得你有什么企图，或者有什么含义。甚至连美女都不敢看了，盯着美女看超过两秒，必定会让人觉得这大叔真渣。

掩饰眼神成了必不可少的功课。高手一般让别人看不出眼睛里的情绪和好恶。我承认我是初级选手，最简便的办法就是戴一副墨镜吧。也许暂时能把“老奸巨猾”的眼睛藏起来。

年龄越大，做人越麻烦，掩饰喜恶是第一大麻烦。难怪许多中老年人要修行，修炼的过程就是去除内心的好恶，不被那些情绪左右自己，平常心面对一切，去除生活磨砺带来的那股浊气，让眼神变得清澈而淡定。

幽默人生

又到分别的时刻，老爹第一次显得格外留恋和儿子的相处时光：你别走了，就留在这里，我保证让你每天有肉吃。

老人家一生坎坷，尝尽了人间所有的疾苦。一出生就碰到家庭巨大变故，儿时被饿得皮包骨头导致严重营养不良以致影响身材长得伟岸。

他常常拿自己开玩笑，拿自己的坎坷经历开玩笑，在我和他有限的相处时间里，他的幽默风趣占据着很大一部分内容，他生动形象的把生活的苦转化成了幽默，常常把我和阿姨逗得开怀大笑又泪眼婆娑。

他喜欢唱歌，常常独自哼起小曲儿。他崇拜明星，他追逐邓丽君、李玲玉、蔡琴的歌一辈子。歌里有他的人生、故事、情感、哲理。他喜欢美好，在寡淡的日子里，会把偶然发现的心动片刻肆意绽放。他懂得生活，把灶台变成魔术场，各类天赐食材变着花样丰富着蹉跎岁月……

命运如一双无形的魔手，在他的人生里肆意捣乱，捣毁了他大半生的事业、爱情与幸福。庆幸的是，唯一保留了他面对困苦的幽默个性。

幽默是一种无形的力量，让绝境中起死回生变得可能。就如小平同志三落三起中依然屹立不倒一样，“不倒翁”的幽默人生就将赢得更多的精彩。悲愤解决不了任何问题，那就让幽默来赶走魔鬼。

如今，他又拿自己的长寿开玩笑：我有一天晚上啊梦见了阎王，阎王看见我就发脾气，问“你怎么来啦？滚回去，你的时间还没到。”值得庆幸，78 岁的他能吃能睡，没有任何内脏和心脑血管疾病，唯一的身体状况就是白内障导致视力下降，只等待合适的时机去手术定会“药到病除妙手回春”。

我相信老天的公平，苦尽甘来的时刻让人措手不及。在他晚年的时候，陪伴在身边的忠实伴侣是老天给予的最大礼物，阿姨是个忠厚善良的女人，几十年如一日地守护在他身边，无怨无悔地陪他哭陪他笑陪他一起幽默过人生。

“我一事无成，可是老天送给我一个体贴的妻子和一个有追求的儿子，我知足了。”说完他又咧开嘴嘿嘿嘿地笑起来。

他认同我的人生选择：只要你开心，只要你健康，怎么样都行。开心也是一天，不开心也是一天，干嘛不开心呢？做个普普通通的人不要去搞得那么累……

“祝你今年发大财哦，你赚到钱就带我去看下子世界嘛”分别时老爷子拉住我的胳膊说。我心里明白，他是在留恋与儿子的相处时光。

时间可以改变一切。时间逐渐温暖了曾经清冷陌生的父子关系。感谢时间给予的一切。

严冬已经过去，春天的脚步正碎步走来。等到春暖花开的季节，我们将相约一起旅行，去延续那老天赐予的日渐浓烈的幽默快乐时光……祝所有人一生幸福！

我做记者第一天

我做记者第一天，就把一台价值几十万的摄像机摔坏了。这可是一件大事，就好比上战场前，战士不小心把枪搞坏了或者弄丢了一样，顿时感觉整个世界都变黑了。

我和带教我的老记者蹲在路边，望着缺了一块伤痕累累的摄像机，两个人茫然不知所措。我余光看到了老记者额头上沁出的汗滴，也感觉到了他身上散发出的那股烦躁气息。我知道他想骂我，可是他忍住没有开口。

充满怨气的无声世界的那种无助感生无可恋。我懊悔极了，我也不知道摄像机怎么从我手上溜下去的。我明明抓得很紧啊，就如我第一次抓住初恋女友的手一样啊。尽管我和老记者挤在三轮车后座里，耳朵听着他叨叨叨叨那些单位里的琐事，可是我的眼睛一直盯着摄像机看了又看啊，这可是我第一次近距离接触到这个新奇玩意儿啊。

“嘭嗵”一声巨响，摄像机砸到地上的那一刻，我眼前顿时一黑。眼睛再次恢复视线时，我看到一张诡异的黑盘子圆脸，三轮车司机回过头一脸似笑非笑尴尬地望着我，接着耳边听到老记者一声凄厉叫声：停车！停车！

摄像机躺在十米远的马路边……我疯了似的扑过去，我祈望看到奇迹。奇迹没有发生。回单位的路显得格外漫长。老记者的BB机不停地嘶鸣，那是约好的采访对象等得焦急不停传呼我们。老记者找了个公用电话，不停地道歉说明没赴约的原因。

我怎么这么倒霉，第一次出来采访，就碰到这么糟糕的事。可是还在一个多月前，路边的一个白胡子瘦小老头，硬是要拉住我送我一卦，一脸神秘兮兮地告诉我的运气在东方。“你要去东方，运气会改善的。”

当时我确实事事不顺。此地不留爷自有留爷处，我卷起铺盖，将信将疑地来到了东方的江南小城。

我进了小城电视台工作，一切都如算命先生说的那样，运气看起来还不错。一来到东方小城，就得到了空前的礼遇。每天心里屁颠屁颠乐开花，似乎东方不败的神话就此开始。

当过兵的台长直言不讳地说：有什么要求尽管提，安心在这里安家落户，我们培养你给你机会，你好好干吧……

摔坏摄像机的事很快在单位传开了。我忐忑不安，我等着被处分，或者被开除。我那几天耳朵特别灵敏，单位里的各种人声我都极力捕捉，我知道我想听到什么。我就想得到一个结果。

三天过去了，一周过去了，一个多月过去了，有关摄像机被摔坏的事，怎么一点动静没有？我等待着的处理结果一直没有出现。

一直到年底，我都要快把这件事忘了，也没人再提那件事了。放下包袱，我又生龙活虎起来，心里的大事总算过去了！

年终单位聚餐，新年的气氛浓烈。同事们互相敬酒祝贺新年。我面红耳赤坐在桌边望着欢乐现场，一股浓浓幸福感充满着内心。

突然，有人拍了一下我的肩膀，我抬头一看，是台长大人端着酒杯来到我跟前。我连忙起身，端起酒杯准备跟台长碰杯。

这时台长向前一步悄声说到：你去给肖老师敬一杯酒，上次摄像机摔坏的事，他回来和我商量了，他承担了主要责任，还找人把机器修好了。

我倒了满满一杯烈酒，走到肖老师桌边，四目相对，举杯痛饮，一干而尽，一切感谢的话都在酒里。

我们都年轻过，别忘了年轻时那些包容和爱护过我们的人。

肖老师，记者节快乐！

我滴个神呐

人类有一天多数人将变成无所不能的神，通过科技力量控制自己的生物基质，随心所欲再造或者修复身体系统，将人类升级为上天入地的神。这听起来让人细思极恐。

昨晚网络空间里发布了一条重大的科技成果新闻，美国科技巨头马斯克宣布“已经找到了高效实现人机脑部对接的方法。”通过在人体脑部植入电脑芯片，人们就可以用意念来控制一切。人类在变得具备神性方面已经跨出了巨大的一步。

以色列作家尤尔瓦·赫拉利在《未来简史》中除了提到了“地球的神”，同时也提到了令人沮丧的“无用阶级”。未来，假如人类原地踏步不改变自己，不提高自身的能力，多数人将不能创造经济价值和社会价值，他们目前给社会带来价值的所有工作将被更聪明更能干的智能机器人接管。一些科学家预测，人类若不能变得更强大甚至具备超能力，迟早会被机器人超越，变得可有可无完全没有用途。

昨天还有人在抱怨保姆难找，也许用不了多久，保姆随时就要下岗。人工智能、计算机、3D 打印、5G 等等科技发展突飞猛进。这些科技力量的飞跃看似给人类带来了便利，实则将取代人类所有的工作，医生、律师、教师、士兵、记者等等，包括创意艺术类工作。保姆将完全由比人类聪明能干N倍的机器人所取代，多数人类即将成了无用阶级。

据说计算机软件模仿贝多芬和巴赫谱曲作词，不但音乐风格乱真，音乐表现力甚至更强。机器人棋手已经毫无悬念地打败了人类顶级棋手。机器人已经在益智类抢答节目中完败人类顶尖选手……

无人驾驶技术早就成熟，之所以暂时不推广，主要考虑几百万司机的就业问题。医生也不需要人工了，计算机机器人能以极快的速度集合远超人类医生的海量大集合数据，可以快速准确24小时不间断诊断治疗疾病。

去年首个机器人播音员已经横空出世，声情并茂表达不亚于人类。十几年前就听说播音员主持人将被机器人取代，当时还觉得是个笑话。

让人沮丧的是，从个体而言，尤瓦尔赫拉利在书中以大量事实证明，现代人类的个人能力还不及旧石器时代狩猎时期的人类祖先，当时的人类要猎捕动物，依靠的是十分强大的综合能力。现代人类完全是依靠个别突发的天才以及群体的力量才取得今天的成就。单就个体来看，人类已经退化了。

科技是把双刃剑，人类提高自己的神性能力变得十分紧迫。在机器人取代整体人类之前，也许人类会首先试图让科技来改变自己，比如通过先进的生物工程、半机械人工程、非有机生物工程技术来改变自身的生物局限，让自己变得更强大。

去年轰动世界的新闻，深圳的那个湖南人已经可以修改人的DNA了，实验出生的那两个孩子可以一辈子不生病。这只是一个前奏，目前还存在伦理问题，未来呢？人类有太多理由渴望这样的非凡进化。从古至今，人类从来就没有停止过追求获得超能力甚至神性。从普通人的宗教修炼，到千古一帝秦始皇追求长生不老，派八百童男童女去寻找长生不老之药……

长生不老和幸福感是人类最渴望得到的能力。我们看神话故事里的神仙，他们与我们最大的不同就是长生不死和没有烦恼。未来，生物工程可以将人类的死亡和痛苦移出人体系统，随心所欲再造一个你想要的系统。我等爱旅游的人，可以给自己再造一个极速飞行能力，几秒钟就可达到太阳系的任何星球喝下午茶。

但可怕的是，也许某一天部分人类整体具备了非凡的能力，他们成了传说中的无所不能的神，将会如何审视我们的过去？社会结构将会出现怎样巨大的震荡？一群靠机器升级版的人类是否还具备生物的情感和心智？

最可怕的未来也许不在升级版的人类，而在于智慧超群的智能机器人。突然某一天，他们会嫌人类碍事。人类也越来越嫉妒他们的才能，反悔了想而进行反扑，拔掉它们的电源插头。到时，这些聪明无比的机器人和超能力的人类大打出手，胜利的天平会倾向人类吗？

目前所有这些听起来像个笑话，就如原始人说未来会出现飞机汽车一样让人觉得不可思议。也就几百年前，谁胆敢说地球是圆的将被活活烧死。几十年前，谁也不会预料到今天的网络世界竟会如此的奇妙发达。

这些听起来像科幻小说不可思议。也许某一天，人类整体具备神性就如今天的网络世界一样变得平淡无奇。我们早已经习惯了网络世界，但是仔细想想，它才是创造奇迹的奇迹，并且继续创造更大更多的奇迹。

昨晚马斯克宣布“已经找到了高效实现人机脑部对接的方法。”也许明晚谁又宣布找到了宇宙的什么奥秘。量子纠缠的重大发现没有引起多少人的注意，其实它的发现已经改变了人类固有的认知，一种巨大的思维和事实的突变。

中美贸易战看似经济战，实则为科技战，谁掌握了顶尖科技，谁就掌握了未来。未来充满不确定性，谁也控制不了未来。谁也不知道 2050 年的世界会变成什么样。顺其自然有点消极，努力多赚钱多学习多积累知识吧，争取成为有用阶级，也许未来花钱或者凭智商学历就能不用排队更快让你变成极乐世界的神呢。阿门，我滴个神呐！

羞羞的“小鲜肉”

“小鲜肉”这个词，到底怎么来的？谁先发明了这个词？经过仔细考证，听到了某著名导演直言不讳地说：“小鲜肉”这个词，来自当年香港富婆找鸭时的称谓。

上不了台面的事不等于不存在。当年大量香港、台湾男人来大陆猎艳，以至于广东、江浙某些城市形成了“二奶村”，大量女子假借在外做体面工作，实际沦为“二奶”和“小三儿”。男人在外花天酒地，女人在家心情苦闷，有些富婆出于报复心理，频频外出找“小鲜肉”。

把“小鲜肉”仅仅归于某一类行业就误会了。如今，这些面容姣好、涂脂抹粉、耳钉纹身的“小鲜肉”，活跃在各行各业，特别是文化影视传媒娱乐行业。我完全没有彻底贬低排斥“小鲜肉”的意思，他们有他们的生存空间，他们有他们存在的道理，都是为人民服务嘛。

可是，当一个国家的主流意识，当一个国家的主流文化，当一个国家的主流价值观，有倾向性宣扬“小鲜肉”和“屁精文化”的时候，不免让人产生强烈的忧虑。

萌萌羞“小鲜肉”，国民校草“小鲜肉”，暖男“小鲜肉”……各种没有什么艺术功力的“人造肉”充斥荧屏。每一个“小鲜肉”的背后，是成千上亿粉丝疯狂追捧。那些粉丝们稚嫩的脸庞放着痴迷的光，手中握着的荧光棒仿佛就如握住了全世界。我不反对追星，但要看看追的是谁，不能本末倒置去追求一些不可成为主流的东西，或者把非主流当成了主流来追捧。

现在到处盛产流水线“小鲜肉”艺人，稍微培训几个月就推向市场，然后大肆炒作。炒作带来的财富效应是十分可观的，经纪公司赚得盆满钵满的同时，社会责任被一脚踢进了茅草堆。后来，一个泱泱大国的文化人也全盘学会了这一套。看看电视里的娱乐节目就知道了。

一个曾经骁勇善战让敌人闻风丧胆的城市，一个消灭日本鬼子最多的地方，一个湘军横扫叛逆稳固天朝基业的省份，一个整座岳麓山都埋葬英烈忠骨的阳刚之地，不知不觉中，竟然也成了屁精横行的世界。屁精小鲜肉在这里成了时尚，被人们津津乐道，争相模仿，乐此不疲。手无缚鸡之力，面白水嫩胜似姑娘，轻歌曼舞腰肢纤细，开口闭口护肤达人……怎么？看不惯？假如你要提出异议，“你不懂”“你 out 了”“你滚”“你找抽呢”，粉丝群起而攻之，骂得你仿佛被全世界嫌弃。我茫然地望着天空，绝望地看见树杈上那只鸟飞走了……

我就不明白，我们影视作品为什么这么喜欢启用“小鲜肉”和丑星？文化传播最能体现国家形象啊！老是一帮娘娘腔在哪嘚瑟，老是一群光头丑星在哪折腾，国家民族形象何在？都被你们给毁了。幸亏！幸亏！幸亏这个荧屏上还有张嘉译，还有陈烨，还有朱亚文，还有张涵予……

纵观古今中外，遍览东方西方，没有一个大国强国不是在推崇男性阳刚之美的。好莱坞电影，永远是大无畏的英雄气概，汤姆·汉克斯、马龙·白兰度、布拉德·皮特、达斯汀·霍夫曼等等这些雄性意识很强的男演员占据了美国荧屏，他们是全美国甚至全世界观众心中的偶像，他们的存在甚至体现了国家意识，一种大无畏的崇尚英雄的意识。

说到好莱坞，不能不想到一段历史，一段属于华人形象的心酸史。很长一段时间，好莱坞电影中华人的形象总是阴暗、矮小、狡黠、丑陋、残暴、阴柔的。在很多好莱坞电影中，华人角色不论从化妆、服装、道具的设计，还是拍摄中的构图、用光、台词都能折射出导演编剧刻意丑化人物形象的意图。此后很长一段时间内出现在影片中的华人形象大多都是恶棍或者罪犯。对普通的美国人甚至全世界观众来说，此时银幕上的华人就是野蛮、落后的“东方景观”，而这种东方奇观最吸引他们的地方是华人男性的女性化妖魔化特征。所以，早期好莱坞影片中的中国男人阴柔无力，女声女气，身材瘦小，极富漫画特征。而女人倒是阳刚，飞扬跋扈，骚里骚气，成为色情的暗示。

我看过一期节目，有记者在国外街头采访白人女性，当记者问：你会选择中国男性做男朋友吗？多数白人女性会犹豫片刻，这是一种礼貌性质的犹豫，怕伤害别人的自尊。但最后的回答指向一点：不会选择中国男人做伴侣，中国男人不够有男子气概。固定思维，化不开的深深误解。

我没有觉得成龙、周润发等男星有多么伟大，但是他们对改变世界人民对华人男子的刻板印象有功不可没的贡献。他们塑造的好莱坞中国男人角色，至少是阳刚的威武的。

我们中华自古以大国自居屹立于东方，大秦、大汉、大唐，都离不开一个“大”字，当年是何等的金戈铁马，气吞万里如虎，一代又一代铮铮男儿剑指四方，把一个个强敌荡扫得满地找牙。不可一世的匈奴，最后也被打得仓皇逃窜去了欧洲。不敌大汉男儿战士的匈奴，铁蹄踏入欧洲却导致强大的罗马帝国灭亡。可想而知，当年中华男子是何等的强悍威武。反观大宋，重文轻武，歌舞升平。举国上下，男子文弱不堪，遍地都是提笼架鸟的“小鲜肉”，最后被强敌驱赶着颠沛流离，苦不堪言，卑躬屈膝……幸亏在广东崖山，南宋军民全体跳海殉国，亡国的最后时刻还算保留了一点骨气。

有人说，乱世出英雄，盛世兴花样美男。我不敢说这是一个大大的谬论，不能说这是一种赤裸裸的堕落，但至少把该有的“男人”性别内涵引向了歧途。没有哪个大国强国是靠花样美男撑起的，多数不经过锤炼的“小鲜肉”甚至连家庭担子都承担不起。阴柔文弱“小鲜肉”，这断断不能成为主流审美而大肆推崇，只能存在于犄角旮旯自娱自乐。否则，阴盛阳衰只会祸害无穷。远的不说，你家里有个六神无主的“妈宝男”就够你受的了。

审美还需引导，永远记住我们是有五千年文化底蕴的大国，大国男人必须有大国男人的范儿，绝对不是腻腻歪歪的小肚鸡肠范儿。期待越来越多塑造中国男性阳刚之美、担当之魄、顶天立地的影视作品涌现。

黑狗的故事

一条黑狗在海边狂吠不止，见到岸边有行人路过，它投来哀求的眼神，发出哀怨的哼哼声。

行人纷纷驻足，眼睛里充满怜爱，盯着黑狗看。“哎哟喂！好漂亮好健壮的黑狗。”有两位美女试探着靠近大狗。“对啊，毛色黑亮黑亮的，好可爱啊!”

黑狗摇着尾巴在美女身边转了一圈，嘴里依然发出哼哼声。看到行人一个个站着看它，没有其他任何行动，黑狗掉头走向海边，颤颤巍巍试探着往海里走去。

海水正涨潮，一波接着一波海浪朝岸边涌来。几次海浪拍打，黑狗差点摔倒。黑狗体型很胖，当它走进深水区，口里被海水呛得噗嗤噗嗤响。黑狗伸出前爪试探着游泳，但因为身体太重，好几次几乎沉入海水。当一个巨浪扑来，黑狗瞬间被推向浪尖，随后很快淹没在海水里不见踪迹，岸上的行人纷纷发出惊叫：“完了完了，要淹死了，谁下去救救它啊。”就当两位中年男子脱掉鞋子准备下海时，黑狗挣扎着使劲划出了水面，两只眼睛露出绝望的神情。

大家都朝黑狗呼喊：“狗狗，狗狗，快上来，快上来吧。”黑狗似乎听不见大家的喊叫，木讷地浮在水面上，张着嘴巴呼气。

岸边的行人越来越多，大家议论纷纷，不知道这条大狗在海里折腾想干啥。“它主人呢？这是谁的狗狗啊？”有人在问。大家都摇头表示不认识这条狗。

黑狗依然没有上岸。在经过多次扑腾沉浮后，黑狗似乎渐渐适应了奔涌的潮水，在岸上人们的惊呼声中，它奋不顾身地朝远处游去。

原来，大海远处那个游泳的黑点是黑狗的主人，黑狗以为主人在海里遭遇了不测，才不惧自身安危去寻找主人。当黑狗奋力游到主人身边的一刻，它扑到了主人的怀里……相偎相依，让他们彼此难以割舍。

千年不逝的暗香

看了昆曲《牡丹亭》，甚是感动。感动于那千年不逝的真情弥香。今日，宋慧乔宋仲基离婚，范冰冰李晨分手。看多了现代人的爱情，想更多知道古代人怎么表达和坚守那份真情的。翻开古人的爱情典籍，千百年来留存至今的那些爱情故事和爱情绝句，一扫现代高楼林立荆棘丛生下情感的无趣和苍白，依然可嗅到悠悠岁月残风晓月留存下的一丝暗香浮动。

是的，那暗香仍然在的，我嗅到了，愈发浓烈，不会被时时泛起的铜臭所掩盖。

“柔情似水，佳期如梦。两情若是久长时 ，又岂在朝朝暮暮”都说陪伴是最长情的告白，古人车马路漫漫，归来总在风雨后，离别在不经意间考验着有情人对爱的坚贞。两情相悦，心灵相通，哪怕天各一方，自是月照心明，等一等又何妨？所谓的距离伤害感情，那只是个借口，诱惑太多朝三暮四，只能说明你们爱得不够彻底。

“问世间，情为何物，直教人生死相许”什么是真爱？那就是古人眼里的生死相许，这是人间最至高无上的感情，没有私心，全心付出，不惜生命。可是，现代多数人会信奉“夫妻本为同林鸟，树倒鸟飞”，同甘可以，共苦免谈，达不到我的物质要求，给我添了麻烦的，对不起，拜拜了您呢。

“众里寻他千百度，蓦然回首，那人却在，灯火阑珊处”古人对待爱情除了坚贞无私，还很执着孤傲，怎么能随便找个人结婚呢？怎么能为了结婚而结婚呢？爱情怎么能设定硬件条件呢？两情相依，绝对是蓦然回首看见的那个怦然心动的人。

“在天愿作比翼鸟，在地愿为连理枝。天长地久有时尽，此恨绵绵无绝期”唐明皇爱杨贵妃爱得死去活来，江山都快丢了，所有人都反对他，他还在那里坚贞不渝儿女情长。此君虽然不适合做皇帝，但真是个有情有义的好老公，他是古人“生死相许”真爱的典范。相比那些朝三暮四，利益联姻，越过山丘无人等候，直至爱无能的人，有过真爱，哪怕粉身碎骨，也是顶顶幸福的。

“情不知所起，一往情深”，可能有时男女之间感情的产生，简单到只需一个表情，一个动作，一句言语，只要感觉对了，一见钟情也就自然而然发生了。《牡丹亭》里的杜丽娘和柳梦梅在梦中相见，便私订终身。汤显祖这样写男女主人公之间的感情打破常规，我们凡夫俗子常常认为梦中的所见所闻是不可靠的，但杜丽娘偏偏就坚信梦中的男子便是他的如意郎君。杜丽娘柳梦梅为感情能够生、能够死，生生死死都要和所爱的人在一起，这表现了古人对待爱情是一种何等境界啊！

无论是《牡丹亭》《梁祝》《白蛇传》……中国古典戏曲都在表现一种爱情的至高无上，都在官宣真爱的“生死相许”，让后人们观后唏嘘感动不已。

时代演变更替，抹不去忘不了那醉人的暗香。坚信古人亘古留存的这些爱情诗句，仿佛一双神奇的手在善男信女心头种下的花。“落红不是无情物，化作春泥更护花。”属于有情人的那朵花，终有一天会馨香满西楼。

绿皮书

人性深处有洪水猛兽，也有至纯至真。人间就是居住着魔鬼、妖精、天使的混居地带。大家因为犯了不同地域的规则而被流放于混沌之地，受制于皮囊之中的各种灵魂表演着不同的角色。

好电影好文学作品都有一个共性：深入浅出地刻画着灵魂。看完《绿皮书》两天了，心情还被揪在剧情里，好像自己是亲历者一样，分担着故事里的喜乐哀愁。

这部获得今年奥斯卡最佳影片的电影是根据一个真实故事改编的。再完美的国家也是从黑暗中走来的，19 世纪初的美国经历了人性无耻的时代，人类历史上最无情的种族歧视，黑人被暴虐无道隔离残害。《绿皮书》诞生于那个年代，一位纽约的邮递员创作了这部引导黑人旅行的指南，告诉黑色皮肤的人哪里会接待他们住宿、用餐、禁忌和防范。

细节描写刻画是艺术作品最动人的部分。《绿皮书》把细节的处理发挥得淋漓尽致。维果·莫滕森扮演了白人司机托尼，莫滕森是谁？他就是曾演过《指环王》里人类之王阿拉贡的演员。他的表演绝妙无比，一个动作一个眼神，传递出无限的深意。我印象最深的两处细节处理，隐喻着故事情节的深刻内涵：白人司机托尼下车撒尿，回身取走钱包；两个黑人维修工喝过的杯子，托尼直接扔进垃圾桶。类似的细节处理还有很多，一个动作，不需要台词，所传达出的信息量足够了。

我惊讶于男主角马赫沙拉·阿里扮演的钢琴家唐纳德·谢尔利，影片中所有的钢琴演奏竟然都是演员阿里亲自上阵的，那指法和音乐感觉，绝对称得上是大师级。一个演员能有出色表演已属不易，没想到他还有其他的精湛技艺，应了那句话：一个人的成功绝非偶然，他必有过人之处。我喜欢的黑人演员有很多，如今又增加了一位，他叫马赫沙拉·阿里。

影片中有许多寓意深刻的对话。有关唱片封面的对话，幽默诙谐中带着背后的血和泪。有关婚姻的对话，传递出人性的复杂。有关许多生活习惯的对话，表现出个体的多面性和相互尊重理解的含义。

全片另一大亮点在沁人心脾的音乐，常常会被旋律搞得欲罢不能。结尾非常绝妙，司机莫滕森的夫人拥抱谢尔利"谢谢你帮托尼写信"，俺瞬间泪眼婆娑。

看电影的时候，各种心情都有，悲剧色彩中，又掩盖不了影片营造的温情脉脉。好电影会点亮你心中的光明。回到家赶紧打开那盏许久不亮的台灯，让影片里的温馨萦绕身边。

"一千个观众心里，有一千个哈姆雷特"，我的角度不代表你的眼睛。去看看就知道了，期待你有更精彩的点评。

《海上钢琴师》

一出生就被遗弃，他是一个伟大的天才。天才其实是世界上最不幸的人。所有的天才都是异类。而再体面的异类都不会被人真正地爱。

梵高、莫奈、高更、特斯拉、维米尔、伽利略、哥白尼、布鲁诺……哪一个伟大的天才被当时的人们理解尊重过？一个都没有。他们历经磨难，被人视为异类，却带给世界无与伦比的美丽。

《海上钢琴师》故事主人公1900，是一个给世界带来无限美好的异类。他看似得到了无数人的掌声，可是他和船上的众生有着一道不可逾越的心理鸿沟。

看完《海上钢琴师》，我脑中立刻浮现《月亮和六便士》描写的那个画家，那个传说的以高更为原型的故事。这两个故事有太多的契合点。

同为一个伟大的艺术天才，面对月亮和六便士的选择，他放弃一切，地位、名利、金钱……放弃了平稳良好的生活环境，甚至放弃自己的亲生儿女还有妻子，他抛弃一切就为了实现画家的梦想。

在社会上立足，很多人都会给自己树立广大的人脉、良好的形象，功成名就，富贵荣华、乐善好施、左右逢源……

钢琴天才1900完全可以下船，过上一种光耀灿烂的生活，就如他唯一的朋友小号手麦克斯说的：你将受到人们的欢呼，将很快进入富裕阶层。

但是天才们特立独行我行我素。他们通通都不要，他冷酷淡漠、难以近人、丧心病狂、像一个没有感情的机器，不懂维持也不屑维持爱情友情亲情，他不在意是否被众人唾弃，不在意在别人那里自己得到什么样的评价。

他只想画画，他只想弹琴，他只想探索，做的一切只为了内心最原始的天才冲动，所有的所有，都可以是那股元气的牺牲品。

《海上钢琴师》最可贵之处，我们并不只是惊叹天才，每一个观众都能从影片中找到那个自己。曾经不妥协的自己，或者完全妥协于世俗的自己。

这是一部你在不同时期不同年纪，会看出不同感觉不同感悟的电影。年轻时候也许看不懂，只单纯知道 1900 是个天才，不懂他的执拗，不懂他为何不与陆地为伍。麦克斯说我们一起下去能赚大钱，1900 不为所动，他看着偌大的城市，一眼看不到尽头，心生倦意，顿感无趣。

把帽子果断丢进大海，1900 重新回到属于自己的船上。世上就是有这样的人，不需要那么多的选择，不需要那么多女人那么多房子那么多风景。心里只装得下那个唯一，一艘船、一件事、一个人，一个信念与理想。

“城市看不到尽头”我们人类的生活看得到尽头么？尽头和未来常常让人感到彷徨。

生而孤独，孤独的凄美。1900 眼里，船头船尾、船上船下、键起键落中阅尽了人生。这是一种凡人无法超越的极致浪漫，也是一出绝美悲剧。

真希望更多的经典电影修复重映。以前会惋惜 1900 很自私，为什么不走下船好好活下去，去追求幸福，前途一定不可估量。

这次再看甚至有些羡慕他的坚定，理解他的一尘不染甚至是他的偏执。对于生在长在邮轮上的他来说，或许幸福根本不是嘈杂城市里的烟火气息，也不是动动手指就可以金钵满罐的俗世和体面。

看尽了那艘邮轮承载着的来来往往的故事和梦，他是真的怕了深不见底的城市吗？可到现在我们又有谁不怕呢？我们细想我们不也是留在这里没有下船么？

再看斗琴这场戏，已经不像第一次看时热血澎湃，而是心里的复杂，这里已经奠定了结局走向。“斗”是俗世里的事，是观众和朋友强加在他身上的重量，那一夜也许是他这一生最耀眼的时刻，但他心里或许已经厌恶透了这场恶心的较量。

我们只学会了这样生活，这让我们感到自在。但有时我们又清醒过来，坚定走向那份信念。其实我们真的也没有下船。

1900 是天才甚至是疯子，他不下船是守护内心的秩序，是用有限对抗无尽，用永恒对抗虚无，用理想对抗枷锁，用一生挚爱对抗盲目追求。

我们身边也有这样的疯子。我自横刀向天笑，去留肝胆两昆仑。谭嗣同能走而坚决不走，最终为革命血洒刑场，不就是那个为理想不下船的人么？

我就是不愿意下船的人，愿你也是那个不愿下船的人。

如果有人问你，你为什么选择这样的生活方式，你就告诉 ta，因为热爱。

如果认为《海上钢琴师》仅仅刻画个体有显单薄和片面。影片也隐喻了大时代大群体的故事背景：19 世纪末 20 世纪初，欧洲往美国的大量移民。早期移民的关键词是漂泊，一群人远渡重洋，当第一个人看见自由女神，竭力大喊一声“美国”！此时他们的人生才刚刚开始。

回不去的欧洲，到不了的美国；回不去的乡愁，到不了的心满意足。所有的移民包括华裔在内，成年后移民，其实就是一种瞎折腾导致的迷茫纠结自作自受。坐在窗前，一天也看不见几个人，喜欢热闹的心和喜欢家乡菜的胃最不会骗你。

20世纪上半叶，背井离乡成了欧洲人的主题。《泰坦尼克号》《布鲁克林》，乃至后来的《布达佩斯大饭店》，都萦绕着20世纪上半叶的一首安魂曲——欧洲正在死亡，美国也不一定是安详应许之地。

历史总是惊人的相似！历史永远在重蹈覆辙！颠沛流离真的是最好的选择么？哀叹宿命为什么不首先改变自己？为什么不守住改造我们理想的大船呢？

感谢经典！让我安心待在自己的“船里”不再摇摆不定、不再随波逐流。

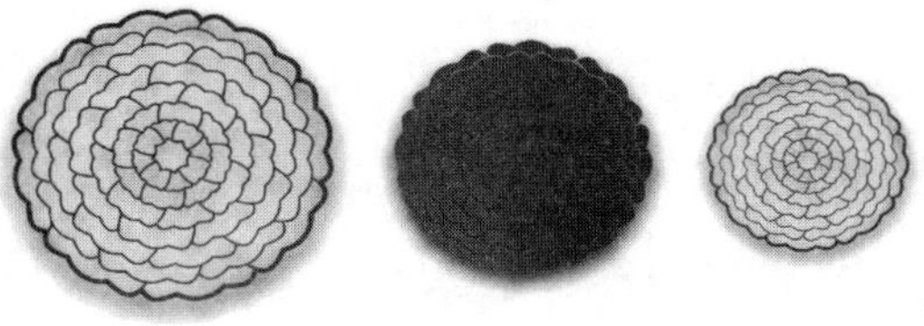

中盘子

西藏西藏

有人说，西藏是个梦，不去醒不了；有人说，西藏是种病，不去治不好；形形色色的人们带着形形色色的目的，踏上这条遥远的朝圣道路。不论初衷如何，相同的是“都深爱着那里”。

我从 21 岁就准备去西藏，一直到这把年纪才成行。有些事想做就去做，不做也许以后永远不会去做了。去西藏就是这样子的，老是想着要等到时间宽裕点再去，永远被繁杂琐事牵绊，永远不知道哪天才能成行。意外和明天不知哪个先来，当经历多了身边人英年早逝的伤感，看多了世事无常，突然感到生命之脆弱，与其思前顾后，不如说走就走。

五月的一天，我早上醒来突然特别想去西藏，那种愿望很强烈，就是说走一定要走的感觉。我快速查了火车时刻表，今天有车去拉萨。犹豫了五分钟，我下定决心走，然后手机里买了火车票，起床收拾行李，打车直奔火车站，登上了去西藏的火车。

说走就走的感觉很爽。一阵奔忙，终于坐在火车卧铺上，我脑子有点发蒙。昨天还完全没有想法，早上醒来一个突然闪现的冲动就变成了滚滚西去的现实。太任性了！太刺激了！

列车一路向北，几个小时后，火车停靠郑州站。对面卧铺上来一位中年男子，黝黑敦实，满脸堆笑问我去哪？

“拉萨”我回答。

“同路，我也去拉萨，幸会幸会……”他热情地与我握手。

中年男子姓邓，河北邯郸人，做过运动员，身体结实，红光满面。他这次并非全程坐火车去西藏，而是带了自行车，准备到青海格尔木下车再骑车进藏。自驾或骑车进藏，太棒的体验。

老邓去过很多地方，骑行旅行是他的爱好。一路和老邓聊旅行故事，喝啤酒，吃烧鸡，感到旅程充实欢乐。

列车经过一天一夜的西行，半夜里到达青海格尔木。窗外站台灯光昏暗，老邓扛着他的自行车下车了。我睡眼惺忪从卧铺爬起来，站在车门口，一阵寒气逼来。我朝老邓挥挥手道别：“老邓，一路平安，我们拉萨见”。

入藏有很多选择。坐火车进西藏是明智的，随着海拔升高，火车一点点爬升，让人逐步适应高原环境。而坐飞机突然降落高海拔地区，人很难适应很容易出现强烈高原反应。

第二天早上，列车广播响起：“尊敬的各位旅客，我们的列车马上就要穿越唐古拉山口了……”只见窗外白雪皑皑，远处唐古拉山巍峨壮丽，雪原、河流、沼泽、湖泊交替呈现。随着列车前行，车厢里惊叫连连：“快看，羚羊羚羊”“快看，那有一群野马”“野牦牛”……各种野生动物成群地出现在辽阔的可可西里无人区。

列车铁道和进藏公路常常平行向前，旷野公路上除了自驾和骑行者，偶尔还能看见徒步进藏的驴友。徒步者身后都背着一个高高的登山包，全身裹得严严实实，孤独渺小的人影在空旷的冰雪路上向前移动着。每次见到他们，俺都心生敬仰，这是一种什么样的坚毅与信仰，让他们勇往直前登上这片雪域高原，哪怕被旅途艰辛与苦寒高原紫外线折腾得没有了人形，他们都不曾停下脚步。有句话说：能走进西藏，都是前世修来的缘分。我的驴友老邓，你骑行到了哪里？一切都好吗？

列车隆隆前行。傍晚时分，列车广播里唱响了韩红的《天路》，有人开始收拾行李，在路过一座彩虹桥之后，远处的拉萨城若隐若现……

西藏温暖透彻的阳光下，接下来的半个月里，俺登上布达拉宫、拜谒大昭寺、流连八角街、探秘林芝、俯瞰纳木错、西进日喀则……西藏已不再遥远，触手可及。梦里已见千百回，此时就站在你面前，只想说一句：大美西藏，爱上你了！

仅仅说西藏美有点肤浅，一千个人心里有一千个西藏，无数人描写过西藏的纯净与神圣。我去西藏前，只想着去欣赏美景，或者挑战自我。去了以后，西藏这片土地有种神奇感应，我开始懂得敬畏，敬畏生命与自然；随后，我懂得感恩，感恩自然的馈赠，感恩帮助过我的人；后来，我懂得分享，用文字分享路上的美景、艰辛与感悟；再后来，懂得无论何时都要快乐。记住，只要活着，没有什么是过不去的。

在日喀则，我在扎实伦布寺偶遇了骑行到此的老邓。说实话，二十天后再见到他，看起来至少老了十岁，可黝黑的脸上笑容格外灿烂。

傍晚，我们在日喀则川菜馆喝酒，一直喝到深夜，老邓说了他的故事。他从体工队退役后包矿发了财。可是一次重大安全事故，让他不仅失去了父亲和弟弟，还让他面临突然而至的刑事责任，也让他背负了巨大的债务。

“当时都不想活了”“所有的经济债都还清了，人情债永远也还不清，我不能这样内疚下去了”老邓把杯里的酒一干而尽……

“兄弟，保重!”深夜，我与酒至半酣的老邓拥抱道别。望着老邓远去的背影，直到消失在街角的尽头。高原微凉的夜，漫天繁星闪烁，只听见一曲深沉动宕的梵音，随风徐徐高升……

西藏，在每个去过的人心里都会刻下深深的痕迹。在我的心里，西藏之行就如一本记忆里时时可以拿出来回味的美妙深沉的散文诗。

跳伞

早晨，尼泊尔博卡拉酒店的早餐厅里人们谈笑风生，一群中国游客在谈论着前一天跳伞的感受。

拿好餐食坐定，我边吃早餐边仔细聆听他们有关跳伞的事儿。“好玩真好玩，这趟来值得了”“哎哟，飞起来那感觉哦，从来没有过的刺激哦”我也情不自禁融入了他们的欢乐氛围。

我犹豫了好几天了，到底要不要参与一次这个博卡拉最知名的旅游项目。犹犹豫豫的原因很简单，我害怕风险，有点儿恐高。

年龄越大胆子越小。不知不觉间，中年人的瞻前顾后患得患失的毛病不请自来，胆量随着身体的发福而逐渐减少。遇事一定先安慰自己：小心行得万年船。

遥想当年，我的胆量大是毋庸置疑的。小毛孩子，敢做别人不敢做之事，敢去别人不敢去之地。半夜一个人斗胆穿越山林坟地也没怕过。曾经一个人在深山老林看着一群野兽从身边路过，还喜滋滋跟在后头琢磨了半天，长大后才知道那是一群豺狼。

无知者无畏。一个莽撞的孩子变成了犹犹豫豫的叔叔。成年人的世界没有了年少时的冲动，连跳个伞也不敢尝试，却还自我觉得青春依旧。

那股子不服老的心，让我不甘心就此放弃跳伞的计划。曾经面对某个冒失鬼脱口而出的问路：老师傅，请问地铁口在哪啊？我脸色一定是难看至极的，嘴里嘟囔几句也不管他听没听清，带着一身的“刀剑”负气而去。

前几天还被人称为“帅哥”呢，怎么今天就变“老师傅”啦？老师傅那是我过去称呼四十岁以上男子的啊。

可仔细一想，问题完全在自己，人家根本就没错，可不就是老师傅么！心态要及时摆正，很快坐地铁就有人叫“老爷爷”给你让座啦。

心理关，它就如日渐凋敝的生理关一样的，都得坦然面对啊。瞎操心是没用的，该来一个都不会落下。可是生活的意义和内容可以选择，比如挑战自己跳一次伞。

吃完早餐出了酒店，今天天高云淡一幅精彩的大晴天，正是跳伞极佳天气。我信步来到了早就瞄准了的一家旅行社，站在门口盯着玻璃窗里的各类极限项目琢磨。这是一种假姿态，其实我在等待里面的工作人员出来做我的思想工作。

“帅哥，想好了没有啊，去不去玩滑翔伞啊？”啧啧啧，生意人就是情商高，老师傅这种称谓断断不会从他们口中盲目溢出。

我心花怒放，顿时信心满满。“要不去试试吧，今天天气适合飞吗？”明知故问的时候还是蛮帅的。“当然适合，一早上已经有六个人报名了，都是帅哥美女。”她话音刚落我已经决定报名了。“去吧，人生总要挑战一下自己，我们教练都经验丰富，完全不会有风险的。”

关于风险，我都想象过的，情节画面都很清晰，甚至还在“度娘”里查“滑翔伞事故”。心理完全无所顾虑是不可能的。

在持续的自我鼓励中，我总算报名交了钱准备去跳伞了。一旦交了钱，基本没有退路，只能按照计划乖乖地等待教练来接我上山了……

博卡拉的雪山像海市蜃楼般的不真实。我和一帮陌生的异国男孩女孩们挤在越野车里，随着叽里呱啦的异国音乐，呼啸着奔山头去了……

我的教练是个当地的黑胖子，憨态可掬的样子说着怪里怪气的中国话。他总想着跟我打招呼聊天，问一些显得亲热的问题，我们确实也很快熟络起来。

跳伞地点选在一座高山的顶端，这里有一个长满毛草的陡坡，下面是开阔的天空和盆地，盆地内有丘陵、峡谷、村庄、湖泊、城市，据说是一个跳伞的极佳地点。

我们被教练排了队，等待着穿戴装备准备那纵身一跃。队伍的前面有一对中国情侣，他们已经穿戴完毕准备开始飞了。女孩明显有些紧张，双手不停地在身上拉扯装备，脸上似笑非笑的样子。

我又开始怀疑自己了，就如几年前准备深海潜水一样的感觉，那是一种极度的心理暗示，“打斗”的抗争在心脏里砰砰乱响。花钱买罪受，突然开始埋怨自己了。什么事都还没发生，就开始胡思乱想，埋怨自己埋怨别人，这也是部分中年人的通病吧。

大家一番准备，跳伞开始了。第一个跳的是一个加拿大男子。他两腿细长，高大的身材后面贴着一个瘦小的教练。可能有体重的考虑？高矮胖瘦错开搭配可能有利于飞行。

大家一片沉默，眼睛都盯着第一个“吃螃蟹的人”那英勇无畏的一跳。滑翔伞被放在地上铺开，像一条皱皱巴巴的巨型毛毛虫一样在地上随风蠕动。

随着指挥员的一声命令，教练迅速拉扯滑翔伞绳索，“噗”的一声滑翔伞腾空而起，两位跳伞者迅速转身开始往陡坡下跑动，一阵喝彩声骤起，在大家期待的眼神里，滑翔伞在划过一条弧线后，直接飘向了广阔的天空……

我嗓子都喊哑了。前面每一个人起跳，我都使出我最大的力气，欢呼着他们冲向蓝天。我激动万分，我也将和他们一样，迎接人生里的这次纵情一跃。我知道，我的欢呼带着某种自我鼓励，我是在给自己壮胆。

人生没有一帆风顺，跳伞也要“等风来”，风助人势，才能飞得更高。歌声在耳边响起“我要飞得更高，飞得更高哦……”

“噗隆嗵”，突然，一个女性跳伞者和她的教练一起摔倒在地上，这突发的情况让大家措手不及。幸亏周围有人及时援手加上滑翔伞的拖拽作用，人没有滑下陡坡。事后才知道因为风量不大加上跳伞者胆怯没有向前跑动，导致滑翔伞没有飞起来。

教练笑嘻嘻朝我走过来说：看见没有啊？起飞时一定要往前跑，不能往两边跑，更不能坐下来。

我记住了：往前跑，往陡坡下跑，不要犹豫，不要害怕，该经历的事迟早会来。

轮到我跳伞了。我大喊几声，就如举重运动员一样握紧拳头做了一个加油的动作。我听到了声音里的气息，那是一种节奏紊乱的虚张声势。老陈，你已经完全没有退路了，只能奋勇向前……

“跑”随着教练的一声断喝，我头上突然出现了一片阴影，那是巨大的滑翔伞遮蔽了天空，我紧紧抓住绳索，随着一个骤然下沉，我的身体又被坐莞猛然拉起，耳边山风呼啸，我冲向了那久违的广阔天空……

海阔天空任我飞，我和教练在雪山背景的蓝天下随心所欲地唱起了歌……

感性成都

一

酷爱成都有很多理由，最大的理由这是一个感性的城市。那首红遍大江南北的民谣，唱尽了蓉城大街小巷随处可见的感性情怀。

我热爱感性就如热爱生命，周围感性的一切是最具吸引力的魅力源，不用过多的磨合就能一拍即合。

交朋友只交性情中人，爱城市只爱有温情的城市。一两句话，三两个细节，我就懂了，就知道遇到合适的人适合的地儿了。

成都的细节告诉我，这里充满着性情中人与容纳感性的足够空间。一下高铁，成都东站好似一位笑容可掬的朋友，一切都为我准备安排的舒服妥帖，十分便利地坐上地铁通向这个城市最闪耀的地方……

如果说天府广场是成都的院子，春熙路商圈就是成都的客厅。一进入院子，立刻就嗅到了主人的感性气息。

天府广场，规划设计虽不讲究工整，错落有致中却有着某种随意自在的亲切。栽种的极富层次感的各色植物，让你四季都能找到那抹最亮的色彩。

尤其是秋季最闪耀的银杏树，我认为这是地球上最具感性气质的植物。成都人认识到了自己的地盘光照不够明媚，用植物的色彩来调节城市的色彩成了高明之举。金秋时节，满城杏黄点缀，让人心生幸福。

作为成都的院子，天府广场的设计看似平淡无奇，实则暗藏玄机。中国人造房子都讲究风水，造城市造广场更是如此。当年著名华人设计师贝聿铭设计天府广场时，考虑了多少中华文化元素风水玄机，这个具体不得而知，但细心的你步入广场，内心的感受一定会告诉你答案。

成都天府广场这块土地历经波折。据说古代的蜀王府就在天府广场这个位置。今天完全找不到当年王城的丝毫痕迹，只能从流传下来的地名“皇城坝”寻到一些蛛丝马迹。

据说天府广场还一度被成都人称为“扯谎坝”，那是新中国成立前这一带常常发生军阀混战，战火导致古皇城坝破败不堪，逐渐发展成一个三教九流混杂的集市，算命、卖药、卖淫、人贩子等等坑蒙拐骗的事情在这里常有发生，“扯谎坝”的恶名从此传开。

新中国成立后，天府广场一带逐步得到改善，聪明感性的成都人，慢慢把这里建成了一个人见人爱的地方。不仅在四周建了新华书店、邮电大楼，附近还建了人民公园、成都博物馆等等。最具感性意味的是：天府广场边还保留了一条传统回民美食街，有“皇城老妈火锅”“皇城坝肺片”等传统美食。

二

成都的感性在客厅春熙路四周得到了充分的体现。什么人到了春熙路一带都能找到自己感觉舒服的地盘。

春熙路步行街，就如全国多数城市的步行街一样，迎合着消费者逛街购物的欲望。虽然商场街道大同小异，但是穿插其间的一些小店，特别是一些小美食店，告诉你这里是地道的川府之国味道。

我第一次到成都，就被春熙路步行街最里面的老字号“龙抄手”“老码头”美味勾引得欲罢不能，从此开启了每年一次的西南美食之旅行程。

过去叫森威路后改名春熙路，其意旨在“春风和煦，民子熙熙而来”。熙熙攘攘热闹无比的春熙路是成都这方福地最显著的特色之一。

假如你喜欢奢华高级，春熙路步行街左拐往东，步行数分钟，就能看见几栋极富现代气息的建筑。特别是晚上，建筑外墙晶莹剔透，仿佛如一位性感时尚的美女，散发着迷人光彩。

没错，这里就是成都的时尚地标 IFS 国金中心。抬头往上看，一个硕大的熊猫屁股十分滑稽憨态可掬对着路人，让人们忍不住嘻嘻笑着拍下照片信步走进国金中心这个花花世界，吃喝玩乐购物应有尽有，只要你舍得花钱，包你心满意足。

楼顶的平台，是 IFS 国金中心展露感性一面的精华所在，这里无数的雕塑造型，无数的咖啡休闲店铺，特别是趴在屋檐那只巨大的憨憨的雕塑熊猫头，让再理性的人也会解放天性，兴冲冲地融入这绝妙的感性时空。

春熙路商圈同样对年轻人具有魔力。时尚达人，嘻哈人士，冷酷大叔，潮流大姐，如果觉得银石广场太幼稚，那就掉头往东去太古里吧。都说成都太古里帅哥美女多，以至于全国的街拍达人都蹲在星巴克四周的角落，贼眉溜眼地盯着街口如潮的时尚人流，总想着逮着最佳角度拍下一张魅惑无比的佳作。

性感某种程度代表着感性。成都妹子就天生性感又感性。时尚中不缺优雅，优雅中不缺性感，性感中不缺感性。美人一旦感性，就会带来情趣。

IFS 国金和太古里的夜是最美的，悠悠漫步街头，周围的一切都恰到好处地撩拨着你的感官。推门走进星巴克，要一杯摩卡咖啡，走上二楼靠窗坐下，窗外霓虹微微映照冬夜，街上人流缓慢移动，耳边响起轻快的爵士旋律……感性成都，今夜不归！

三

成都市区地图太像一张太极八卦图了，莫非真有什么风水玄机？为什么成都周边地震不断，特别是 2008 年那次可怕的强烈大地震，成都能够安然无恙？几千年安然无恙。

传说，当年古人在选成都城址的时候，风水师就看中了这块宝地，据说城市是建在一整块完整的石头上的，所以周边地震不断而这里稳若磐石。

不得不佩服祖先的智慧，在理性的天道玄机之中留下了感性的宁静祥和。

谁说感性的城市没有伟大的创造力。谁说安逸的生活不会迸发无限的活力。成都的成功例子充分的说明，经济发展并非一定要牺牲掉生活的曼妙诗意，两者之间完全能够找到合适的契合点。

成都，做什么都成。成都成了继“北上广深”之后中国第五大国际大都市。可喜的是这份成功的背后，完全没有丢掉这座千年古城所传承所具备的闲适和感性。

真正的成都人极少背井离乡去外地发展的。他们明白，并非所有的繁荣都会保留着感性，起早贪黑、物欲横流、追名逐利不是他们的菜，做啥子要把自己搞得狼狈不堪，知足常乐、劳逸结合、松紧有度的淡定日子一样能搞出繁荣的国际大都市不是。

成都不是一日建成的。懂得生活懂得巴适的成都人，似乎掌控自如地驾驭着身边的一切。只有懂得生活的人，才是懂得人生真谛的人。透彻了解了天道轮回、自然法则玄机的人群，还有什么事情做不好呢？

想去旅行了吗？去一个有温情、有美食、有诗意的地方。这个地方叫成都！

103 琴房

一

我不知道这次要写什么？脑子里完全没有思路。可是我又很想写，像另一个我强硬地押着我必须写。那另一个我，我想应该是我的灵魂。我明显感到了灵魂的情绪，好像热水壶临近沸点时的躁动。我被迫放下手中的遥控器，极不情愿地取出了码字的电脑。

肉体是个忘恩负义的东西，他只关心眼前的利益得失。可是灵魂说不，灵魂执拗地要翻越千山万水，牢牢揪住曾经的地老天荒。

我的肉体一次次向灵魂求饶；“认清现实吧，我们不年轻啦，我精力实在有限，我腰酸腿麻胳膊疼，去不了那么远的地方啦，管不了那么远的事啦，就在家躺着吧”。

我的灵魂狠狠地踢了我一脚：“瞎说八道，滚起来滚起来，我感觉我们才二十几岁，不许你一幅老么咔嚓的样子”。

肉体无奈，咬紧有些松动的牙关，让滚圆的腰身离开松软的沙发，木然地跟在灵魂后面，气喘吁吁地爬上那辆大房车，心神不定地朝远方开去。

大自然是最棒的外交家，竟然说服我的肉体和灵魂，他们神奇般的握手言和，两者合二为一，在山水的怀抱里紧密相拥。我终于找到了真实的那个完整的自己。

房车飞驰，它似乎自带一种能量，让接近的人活力爆棚。朝霞满天，笑颜如花，打开车窗的一瞬间，车外掌声雷动。马路上，那些共情的等等等热烈与我们拥抱喝彩，激情四射，我的灵魂猛然跃出车外，欢快地和四周的精灵们翩翩起舞。

我的房车磁石般吸引着越来越多的欢乐伙伴，他们围绕在大车的四周，尽情唱啊跳啊，鲜花在前方引路，稻谷在旁边舞蹈，云雀在头顶欢呼，我和灵魂在车内唱响高亢的赞歌……

二

有些地方，注定一辈子刻骨铭心，比如南昌。南昌在我的记忆里，矛盾又纠结、遥远又亲近。那里留下了风花雪月的故事。

故事发生在 103 琴房。故事的主角是我。那年的秋天，我怀揣梦想，拎着一床破被子，飘进了省城的师范大学开始求学之路。音乐系蜂窝般密集的琴房把我震撼了，我内心忐忑进了 103 琴房。

有些瞬间注定纠缠你一辈子。前一天，我开着房车进入南昌城，一种仪式感飘然而至。房车陡然成了一件圣物，所到之处，表达着我的挚诚挚真。驻车赣江边，不远处矗立着滕王阁。躺床上就能望见千古名楼。房车的奇妙之处，是你可以睡在任何不可思议的环境里。

南昌有股气息，属于这个城市特有的存在，其中包括 103 琴房的味道。打开车窗的一瞬间，我迅速在嘈杂中捕捉到了最想念的味道。我的睡眠一直很好，只是而立之年之后，带香甜味道的安睡不是太多。在南昌房车露营的那几晚，我神奇般地睡出了“甜味”。我知道，她就在这座城市不远的地方，安然入梦。

这种久违的香甜味道，把我拉回到了30多年前，那些情窦初开的日子。

我认为，没有经历过天长地久般初恋的人生，是没有理由谈精彩的；我还认为，没有经历过痛彻心扉失恋的人生，是没有资格说遗憾的。

那晚，我推开了103琴房的木门。一个婀娜的背影映入眼帘，琴声像缓缓流淌的小溪，伴随着女孩飘逸的长发在103琴房里优雅舞动。女孩似乎感到了身后的响动，琴声骤停，回过头来，四目相对，我真切地看见了世上最亮的光。那光太炫耀，以至于让我变得手足无措。

103琴房局促的空间里，我清晰地听见了心脏的擂动，砰砰作响让人视线变得模糊。我生怕心脏的巨响影响我的优雅，暗下决心要把这股搏动强行熄灭。我的企图没有得逞，我的心脏已经宣布独立，肆无忌惮地在胸腔里翻滚跳跃。出于礼貌，我猛然深吸一口气，使劲咽了下口水，嗓子眼儿里发出了怪里怪气的声音：同学你好，我也是103琴房的。我感到自己的声音毫无质感，像片破棉絮一样在空中飘荡。女孩优美大方站起身来莞尔一笑，伸出一只粉嫩纤细的手：我叫xuying，欢迎加入103琴房。

握住女孩手的那一刻，我的心脏神奇般地归于平静，这种平静里带着可怕的坚定，就如司令部发出的指令：进攻开始，一举拿下103高地。进攻出奇的顺利。半个月后当我第二次牵住女孩的小手时，声音已不再飘忽，而是口若悬河道尽人世间最动人的情话。

我的精力出奇的好，有人说白羊座永远精力旺盛。我的神采飞扬，只献给喜欢的人和事，比如驾驶房车每天开近千公里。尽管如此，我还是无法理解，当年我是怎么骑辆破旧自行车，后面驮上女孩，来回骑行七十多公里去看红叶的；同样无法理解，初恋的日子，到底哪来的精力，和女孩手拉手，徒步走遍南昌城的大街小巷的。

真正的爱情，去哪里，吃什么，时间早晚，这些通通不是事，唯一在乎的就是“在一起”。

很多年后，当遇到另一渴望环湖徒步恋爱的女孩时，我毫不犹豫拒绝了这个建议，并对一切劳神费力的感情退避三舍。

那次骑车看枫叶，我们去了南昌郊区一个叫梅岭的地方。细节至今历历在目。一个温暖的下午，一树火热的红叶，一首循环播放的情歌，一对情意绵绵的恋人。

三十多年后的今天，我又回来了。我开着房车，一头扎进了秋意渐浓的梅岭。梅岭的风景少了部分纯粹，多了些许人工修饰的痕迹。我明白，我不是来看风景的。车行山间小道，一路的风景只是陪衬。眼睛搜索着那些记忆里的蛛丝马迹。

我曾经确信会和女孩的天荒地老。在那个暑假，我拼命挣钱，我的肩和脚磨出了水泡。每一次存款数字的增加，我都欣喜若狂，我想象着女孩见到我给她礼物那一刻的惊喜。

我记得那个闷热的夜晚，一盆冷水从天而降。女孩在电话里哭着说分手。最终，我败给了“门当户对”。溃败来得太突然，我为此平生第一次哭出了声，声音里再次充满着难听的怪调。

她毕业了，她告诉我，她很快就要嫁人了，她遵照父母安排，嫁给了省城高官的儿子。

我曾经痛恨她那个任交通公司经理的父亲，他为了门当户对，肆意捣毁了我们的美丽爱情城堡。

假如苦难是财富，唯一的解释，苦难可以化作动力。我相信这种动力成就了许多人。突然有一天，我明白了不需要向任何人证明什么，唯一需要证明的是一颗真挚的心，因为真挚带来的美好受益一生。比如此刻，躺在温馨房车里的我，目光所及，内心所想，全是过往经历带来的对现实坦然自若面对的美好。

我不怕我写下的真实故事会带来麻烦，我相信真情的表达将打动爱我的人。

最后要感谢女孩曾经送来的早餐，曾经省吃俭用留给我的饭票，曾经动手铺就洁净如新的床，让清苦的我体会到了雪中送炭的情谊和温暖的爱。

三

翻过那个山口，就到了我真正意义的家乡了。我在这里长大，我童年和少年所有的美好、苦难都发生在这里。

过去的苦难，极少有人提及，甚至很少有人理解，“不会吧？还有吃不饱饭的时候？”他们瞪着眼睛十分不解地望着你。过去那一代人，有着极强的危机感和使命感，因为切身的经历，让我们条件反射般的未雨绸缪。我永远忘不了一组数字“27 斤”，我少年时期的商品粮供应只有 27 斤，每月拿着粮票去粮管所换回小半袋泛黄的陈米。我一直不明白，陈米煮的饭为什么有股膏药味儿。我每吞一口颜色灰暗的米饭，都被那股刺鼻的膏药味儿搞得心烦意乱。

少年时期最深的记忆就是饿，饥饿感会导致人们行为失常，比如爬上农家的梨树，溜进瓜农家的西瓜田，藏进邻居家的花生地。我和小伙伴曾被黑塔般的果农追得无处可逃，只能一头钻进污浊的猪圈里。猪屎的味道呛得人神智不清。

少年的经历，让我惧怕饥饿。稍有风吹草动，敏锐的嗅觉很自然转化为行动。2020年，诸事不顺，开年病毒肆虐，春季水患严重，多国蝗灾危机四伏，我的第一反应害怕粮食供应出现问题。

防范于未然，存点粮食是必须的，尽管被人嘲笑。家里存了还不够，提回房车，立马买二十斤大米，另备下油盐酱醋一套，在房车里储存了足够吃一个月的粮食。

这次果断买下房车，也和未雨绸缪有关。如有危机来临，房车作为移动的家，可以选择住到自己认为安全的地方。住到哪里去呢？一个地方很快闪现在脑海里，那就是山口那边的家乡。

又一次翻越山口，这次是思念的召唤顺其自然的回归。山口那些杂草已被砍去，栽上了几簇鲜花。太熟悉的画面，上个月驾车北上，经过无数的小镇和村庄，村口无一例外地栽上了大同小异的几丛花。这种变化的外在表现和内在因素息息相关。没有实力做依托，表面的修饰缺乏底气。

我的家乡底气被抽干。曾经繁华，如今资源枯竭，人去楼空，没有经济增长来源，一切表象都透出凋敝之气。除了老弱病残，家乡已经无法留住年轻人。我的房车开进了那条熟悉的街道，青少年的我曾在这条路上迷恋小镇的繁华。街上三教九流活跃，包括那个来历不明的剃头匠，他戴着一幅高度近视眼镜，撑着木质拐杖架起的那条小儿麻痹后遗症左腿，常常摇摆着身体穿行在嘈杂的街道上。剃头匠骗走了我七块银元，那可是奶奶压箱底的物件。我忘了剃头匠给了多少钱收购了我的银圆，反正初中那年我变富有，除了请同学喝五分钱一碗的冰绿豆汤，我还自己偷偷买了含钙饼干躲在树丛里享用。我听说含钙饼干可以让个子长高。

我羡慕又惧怕街上那些牛高马大的二流子，他们说一不二，想揍谁就揍谁。在那个混沌的年代，武力解决纠纷名正言顺。我常常被人莫名其妙反扣双手，按在地上让我叫他爷爷。

离开家乡三十多年，我曾经很害怕翻越那个山口。每次车过山口，我的内心就像被什么揪紧，身体的每个细胞被压缩，包括我的脸部表情。小镇萦绕着一股让人心慌的魔力，这股力量远远压过我的思念。时间久了想回来，回来了翻过山口，又让我紧张得手脚冰凉。

因为思念，我开着房车回来了。可我只是穿街而过，毫无停留的企图。我把车驻在了离小镇五公里的地方。不远不近，遥望最美。

鬼使神差，半夜里我竟然开车悄悄溜进了小镇。车停路边，我像做贼一样在黑暗中徘徊。我回避与任何人近距离照面，可耳边回荡着的那些熟悉的口音，好似某种针对我的宣判词，听得我一惊一乍、胆战心惊。我越来越感到胸闷气短。山区小镇这股令人窒息的气息，就像一汪幽黑的深潭，我就是那个落水者，拼命在水底挣扎。

回到房车驾驶室，我长长舒了一口气。驶离那个山口，我的身体又恢复了以往的松弛。晚风拂面，稻香沁人，多么自由自在的轻松时刻。

第二天一早醒来，发现我的房车右后侧，被异物撞出了一个深深的大坑。

襄阳劫

夜的寂静，藏不住历史的回音，金戈铁马，战鼓雷鸣。一座城池，宿命般的存在于战争激烈冲撞的漩涡中心。今天，他的躯体依然萦绕着硝烟四起的灰暗，仿佛是利刃出鞘血染沙场那具铮铮硬骨。

我的房车车头正对着那堵千年老墙，远处闪过的照明灯光，一闪一闪地射向远处的老墙。我的心被什么东西揪住，拉进墙里墙外的那些隐秘的空间，让我眼睁睁看着过去那些不可想像的壮烈故事。

我是个胆大而充满好奇心的旅者，对一切厚重的、奇特的、不可言说的故事充满着探索欲望。老墙的牵引正合我意，欣然接受了一场意料之外的时空邂逅。

什么都逃不过命运，一个人，一座城，都是命运舞台的过客。抵抗了整整六年，孤立无援，弹尽粮绝，襄阳城主将吕文焕被迫开城投降。这一天定格在了 1273 年 2 月 14 日。南宋从此失去了重要的战略要地襄阳，整个南面几乎无险可据，蒙古大军长驱而入，崖山海战宣告南宋最后的灭亡。

是什么让一个坚持抗战六年的将军最后投降？我们后人从各种角度去揣摩他当时的心情。一个有英雄情结的人，面对投降二字，内心的震惊和悲痛不可避免。

南宋并不遥远，流传下来的故事依然清晰明了。有的人选择人在城在与城共存亡，用全城将士和百姓的性命拼到最后一刻，留名青史。

金庸笔下的襄阳，那是侠客都想去的一座城。郭靖和黄蓉就是我们心里的英雄标杆。金先生也许心里不愿留下那千古遗憾，一座为战争存在的城池不能没有英雄。蒙元大战，郭靖黄蓉双双战死在襄阳城，这才扭转了众人的失望情绪。

现实比小说残忍一万倍。襄阳和樊城同为南宋的最后堡垒，因其天然的优势，城池易守难攻。一向急躁猛进的蒙古大军在襄阳城下竟然玩起了耐心，不急不躁的造房子种地打鱼，将襄阳樊城围成了铁桶。

无数的历史经历告诉我们一个残酷的事实，那些民族危亡的时刻，汉奸叛徒起了推波助澜的作用。围困襄阳城，鬼点子就来自汉奸。他们比蒙古人清楚，只要拿下襄阳，南宋就只剩灭亡的命运。

没有一座城有如此的重要，它是南北东西的路口，也是中华大地南北分界和东西分界的要冲，冷兵器时代的大规模用兵，没人眼瞎看不见要地襄阳的重要。关羽过五关斩六将，为的就是战略咽喉要地襄阳；岳飞精忠报国，心急火燎地挥师襄阳城下；蒙元觊觎南方福地，首要得拿下襄阳；日本人企图征服华夏，同样猛攻老城襄阳。

吕文焕本可做千古英雄留名青史。在他打开襄阳的古城沉重大门的一刻，他的六年坚守功绩瞬间化为泡影。吕文焕不傻，他能不知道后果吗？满腹经纶的儒将，臭名昭著的叛徒他见多了。

我站在襄阳古城那座破败的城门边，想象着城池内黑压压的衣衫不整瘦骨嶙峋的南宋投降官兵的样子。被围困了六年，孤立无援，弹尽粮绝，怨声四起，人心浮动，作为全城的主帅，心理压力可见一斑。

蒙古人也不耐烦了，哎哟喂这老吕头还真能扛，刚来时出生的孩子都快上小学了，这满城文武没吃没喝的竟然熬过了六年。

吕文焕何尝不想留名青史。然而襄阳城对面的樊城的破城沦陷，被蒙军屠城一个不剩。代价何其惨重。面对那一张张渴望的眼神，哪一个不是自己熟悉的样子。看着自己的妻儿一脸菜色，他们已经几个月没有吃到一顿像样的餐食了。坚守下去，看不到任何前途。

只要答应不屠城，我们可以考虑投降。吕文焕跪在襄阳城的南城上，面对着南宋都城临安重重地磕了几个响头，嘴里念念有词，老泪纵横哭诉着自己和全城官兵百姓的不易。

忽必烈得到吕文焕愿意投降的消息，激动得一拳砸塌了面前的紫檀木桌子，满口答应吕文焕不屠城的要求，命令蒙军上下绝不许杀任何一个襄阳城里的人。

一夜白头。清晨，黑压压的人群互相搀扶着立在襄阳城的门口，吕文焕颤颤巍巍走出了官衙，人群一阵骚动，瞬间哭声一片，人们看到了主帅雪白的发须在风中凌乱。吕文焕走到人群面前，百感交集，两行热泪顺着面颊滚落到坑洼不平的街面上。天空飘过大片乌云，撕扯出奇形怪状的造型，雨滴敲打着街上雕塑般木然的身影，雨声和忽快忽慢的喘息声在空气里翻滚。

吕文焕想说点什么，他屏气凝神，将仅有的能量集中到丹田，然而刚要开口，那微弱的气流却失去了控制，像早已扎破的气球，泄掉了最后一点儿元气。吕文焕已经七天滴米未进。

远处传来蒙古大军杯盏交错大碗喝酒大块吃肉的喧闹。吕文焕背过脸去，对着面前的将士和百姓挥了挥手，大家明白了他的意思：开城投降。

人群中顿时变得混乱。有几个人的呼吸变得异常急促，似乎有股隐藏的力量要迸发。吕文焕条件反射般地回头望向人群，还没等他反应过来，人群里冲出三十几个战士，嘶叫着手持利刃冲向吕文焕：你这个叛徒，我杀了你。

吕文焕猝不及防，往后连连退步，顷刻像一片树叶一样飘落倒地。那几个冲出来的战士，在离吕文焕几米的地方，全都不受控制的歪斜倒地，利刃哐当当在地上砸出了深坑。他们都没有力气完成大幅度的动作了。

襄阳城门洞开，蒙古军潮水般地涌了进来……

忽必烈兑现了承诺，没有屠杀襄阳城投降的一兵一卒。

吕文焕毫无悬念的成为了千古罪人，有人唾骂，有人惋惜，有人偷偷怜悯。后人最不可原谅的，传说他协助蒙古人进攻南宋，即使故友求情，他也不为所动。一根筋干到底，这是所有叛徒的共性。

在韩国有一个和襄阳同名同姓的友好城市，这个城市也叫襄阳。令人不可思议的是，韩国的襄阳郡境内竟然有和中国襄阳一样的许多地名。不同国家的两个“襄阳”都拥有汉江、岘山、堕泪碑、鹿门寺、襄阳古城等许多相同的风景以及名胜古迹。此外，诗仙李白所写的《襄阳歌》，至今仍在韩国襄阳郡流传，是韩国传统歌曲之一。更巧合的是，两个地方都有拔河、赛龙舟等传统习俗。

根据襄阳老人们说，当年忽必烈虽然信守诺言没有屠杀襄阳南宋将士和百姓，但是他仍心存芥蒂，找了个屯兵高丽的借口，把几乎所有襄阳人移民到了朝鲜。

一个人，一座城，都是历史洪流中的一粒沙子。

我驾驶房车游历在广阔天地时空的变幻里，仿佛也成了历史长河之中重要一员，一会儿是主人，一会儿是旁观者。我好像在讲述自己亲历的故事，每一个细节历历在目。

要离开了，侧脸望一眼窗外烟雨朦胧的襄阳城，车轮在雨中呼啸着前行。

诡异吴哥窟

回到家了，思绪还停留在柬埔寨，停留在那个阴森的吴哥窟。“吴哥窟很诡异”“吴哥窟阴暗恐怖”这些说法流传了很久。我十年前就准备去吴哥窟，一直拖到现在才成行，心里像着了魔一样，一直牵挂着这个传说中的地方。

飞机落地柬埔寨暹粒，东南亚的自然环境色彩艳丽，周围的一切像修图软件把对比度和饱和度调到了最大。

可是第二天上午进入吴哥窟，色彩基调完全变了，黑灰色占据了这里，越往里走，茂密森林掩盖下的灰暗感觉越强烈。我极力想象第一个走进这里的人会承受怎样的心里恐惧。哪怕如今开发成了热闹的景点，四周都有走动的游客，但还是感觉时不时被一股阴气袭扰。

一百多年前的一天，有 5 个人在柬埔寨原始森林里摸索着前进。四周灰暗的树荫遮天蔽日，绊人的荆棘杂草到处都是，各种昆虫任意叮咬着他们的皮肤，匍匐在地上的毒蛇吐着信子，随时都有攻击人的可能。5 个人中，走在最前面的是法国生物学家亨利·莫奥特，跟在他身后的是他从当地雇佣的 4 名向导。这时候，向导们开始精疲力尽直冒冷汗，向莫奥特哀求道：“先生，我们不要再往前走了，我们回去吧！我们再也不敢向前走了，这会触怒可怕的恶魔的。”

这次来柬埔寨，莫奥特是为了寻找一种珍贵的蝴蝶。在深入高棉内地后，他与4名被雇佣的当地人进入一大片阴暗潮湿的原始森林，希望能捕获一种珍贵罕见的蝴蝶品种。一路上奇珍异兽不断出现，很多奇异的植物、昆虫在这片未开化的丛林地带展现出生命的华彩，这使莫奥特大开眼界，探索的欲望大增。

可是随行的向导却变得越来越烦躁不安，在摸索着穿过一大片森林后，他们突然停下脚步，不愿再往前走了。

“先生，我们只能跟您到这里啦，再向前的话……”

“再向前会怎么样？你们看看，我千里迢迢来到这里，到现在还一无所获，我可不愿意就这样前功尽弃空手而归。”

“可是先生……”向导争先恐后地抢着说道，“前面那座密林真的不能去，里面藏着许多幽灵，它们不但会让人迷路，还会用可怕的毒气把我们全部杀死。”

“幽灵？”莫奥特听到他们的话忍不住笑了起来，这些迷信的向导居然相信在这个世界还有幽灵存在！但他想了想没有别的办法，只能鼓励胆怯的随从道：“这个世界哪有什么幽灵！就算真有，我们这么多人，肯定会把幽灵吓跑。”

向导们对莫奥特的话不以为然，仍然不断地恳求莫奥特不要冒险：“先生，这可不是开玩笑的，听说丛林里有魔鬼的咒语，所以几百年来一座大城堡一直没有人敢去住……”

这些向导所说的古城就是湮灭在丛林中上千年的吴哥窟。吴哥窟到底怎么来的？后来又怎么会突然人去楼空，相关的文字记载极少。考古界最普遍的说法是被外族侵略，全体国民弃城逃走了。但是，假如确实被外族入侵，最多改朝换代，这么精美的城市怎么会被弃用呢？我个人的分析，有可能是阴湿的城堡滋生了病毒，人口因为瘟疫大量死亡，在那样一个信奉神灵的古代，对待瘟疫毫无办法，以为是神灵惩罚，最终被迫弃城逃走。

当然，当时的莫奥特并不知道这些，他只是看到向导表情严肃地向他比画着，强烈的好奇心让他兴奋异常：“丛林中居然隐藏着一座大城堡，如果找到它公之于世，岂不举世震惊！”这种想法逐渐取代了他原先捉蝴蝶的愿望。“这样吧，我给你们加两倍的钱，你们再陪我往前看看，我们探个究竟，可以吗?”

随从们尽管心里很不情愿，但还是鼓起勇气，怀着战战兢兢的心情，小心翼翼地继续向前走着。他们一直在这荒凉的丛林中搜了整整 4 天，仍旧毫无结果。第 5 天他们仍然什么也没发现，莫奥特只得率领向导们折回。就在他们精疲力尽抄了一条近路准备走出丛林时，树林缝隙忽然出现了 5 座石塔。莫奥特眼前一亮，兴奋滴跳上一个山包，眼前宏伟的建筑群在夕阳的映照下熠熠生辉。

莫奥特看到这座被长久埋藏在丛林中的古城，久久站在原地目瞪口呆。霎时，他滚下山包，口里念念有词，泪流满面，双腿跪地不起。向导们一个个浑身发抖，跪倒一片。他们找到了举世闻名的吴哥城！今天看来，吴哥城也堪称一座举世无双的雄伟庄严的城市。

我站立废墟上，感慨万千！到底是何人建造了美妙绝伦的古城？它的每一块石头都是精雕细琢，遍布浮雕壁画，其技巧之娴熟、精湛，想象力之丰富，让人难以置信。难怪有流传着吴哥古迹是天神的创造，不可能出自凡人之手的说法。

后来，回来没多久，莫奥特和几个向导都因感染热带疾病去世，没能继续揭开古城秘密。他们似乎中了传说中的某种魔咒，带着初探吴哥窟的秘密，灵魂永远留在了这片阴暗的丛林。

朋友圈有人问过我，吴哥窟好玩吗？我不知道怎么回答。从休闲旅游的角度来讲，吴哥窟并不好玩，可以说是一场苦旅。柬埔寨是世界上最贫穷的国家之一，相应的吴哥窟的基础设施也比不上度假胜地舒适，加上吴哥窟众多寺庙高而陡，攀爬需要手脚并用，常规的两天吴哥窟之行绝对让人累瘫。所以，你要想舒服度假，劝你别来吴哥窟。

但是，最好的游历是和自然与历史对话，那是一种精神的满足。当你静心面对那一尊“高棉的微笑”佛像时，他低垂眼帘、微微浅笑，像深思，像无情，像悲悯，像禅悟……屏息凝视，我分明看到了深藏在石块里那一朵徐徐展开的莲花，听到了石像微笑着发出清澈如水的笑声。

奇特旺神兽

今天下午，在尼泊尔奇特旺，我偶遇了一头“大神兽”。它体长至少近四米，身高一米五以上，四条腿像四根圆木桩子，身上有明显的皮褶，皮上还有许多圆钉头似的小鼓包，好像披着一层厚厚的铠甲，一个雄壮威武的大块头目空一切地在田间小路上悠然食草行走着。

神兽看起来凶猛，其实它温和无比。附近围观的村民一脸慈祥地看着它，大家嘻嘻哈哈交流着与神兽之间发生过的各种有趣的故事。虽然我听不懂尼泊尔话，但我能感受到大家对神兽的友善。

神兽名叫印度独角犀牛，国际濒危野生物种保护名录动物之一。这个庞然大物曾经面临灭绝，一度只剩 200 头左右，后来经过保护才逐渐繁殖到目前的 3000 多头。

这么珍惜的野生动物，竟然就这么近距离出现在我的面前，内心忐忑不安逐步接近它的感觉真的非常奇妙。

附近村民明显摸清了它的性情，也许是老朋友互相熟知，大家都和它保持着某种亲密的距离。村民的举动鼓励着我靠近它，我太想仔细看看这个“装扮奇异”的大家伙的真面目。

它太像披着一身盔甲的战斗级神兽了！大自然怎么会如此神奇，竟然“拼装”出这么一个不太真实炫酷十足的可爱卡通形象。

它的形象确实多次出现在动画片和卡通游戏世界里。卡通游戏《精灵宝可梦》里那头尖角口袋妖怪，不论遇到什么东西都会用身体撞坏，完全不在意自己的前进方向有什么东西挡着。

现实中的这头温和的“口袋怪兽”明显是独自走出了丛林，来到人类生活区域寻找新的可能的领地。人类尽管友善对待它，但当它试图接近菜地和农田种植物时，有人还是会拿出一根小木棍吓唬它，或者直接推它的肥屁股，意思是您赶紧回你的老家去，这里不可能成为你的新地盘。

口袋怪兽似乎领会了大家的意思，它抬起头温柔地看了看大家，眼睛里闪过一丝亮点，似乎满是歉意，它摇摇头表示我这就走。

突然，一个尼泊尔小朋友在远处朝神兽投掷了一块石头，坚硬的石块飞向神兽厚重的盔甲，瞬间回弹了很远。这突如其来的意外，吓得我们围观的人鸟兽散，几个女子尖叫着跑出了几十米。大家生怕神兽被激怒，回头来攻击我们。

小石头根本没有引起神兽任何反应，谢天谢地！神兽金刚依然以它的固有节奏踱步向前，准备离开这个无法久留的地方。大家松了一口气，纷纷开始指责小朋友的鲁莽行为。

正当大家放松下来，准备护送着神兽离开的时候，在一个拐弯处迎面驶来了一辆小轿车，大家的神经再一次绷紧。轿车司机明显被这突如其来的状况吓蒙了，一脸的惊恐看着这个庞然大物。

神兽依然保持着它的行进节奏，只是往路边避让轿车改变了一点方向。神兽和轿车擦身而过，毫无攻击的意思，当它逐渐走远时，大家才又松了一口气。

神兽独角犀牛的家就在不远处的奇特旺自然保护区里。这是一片充满原始自然风貌的地方，有丛林有草地有芦苇荡有湖泊有河流，十分适合野生动物生长。

正因为尼泊尔政府对独角犀牛的保护力度加大，使得口袋神兽的种群数量得到了提高。其中有四头曾经生活在这里的独角犀牛，作为中尼两国友好的使者，移民前往中国，目前生活在上海动物园和广州动物园。

可是，独角犀牛尽管暂时维持了较多的种群数量，但是保护它们仍然是一件艰巨的任务。因为犀牛全身都是宝，据估计，一头犀牛的价值超过 3 亿元人民币。

犀牛角、牙齿、骨骼、血液都可入药，被某些人迷信为可以壮阳可以治疗癌症。利益的驱使，有人铤而走险，大量的犀牛不明不白地死于人类的屠手。

非洲的北部白犀牛几乎已经灭绝。曾经数量庞大，无忧无虑生活在非洲大陆的北部白犀牛，在贪婪的人类手里屡遭杀戮，到前几年野生白犀牛全部灭绝，只剩生活在世界各动物园里的 16 头圈养白犀牛了。

这时候我们才醒悟，才开始匆忙抢救性保护。可是为时已晚，动物园圈养的白犀牛已经失去了繁殖能力，无法进行自然交配生育。

随着时间的推移，剩下的白犀牛逐渐自然死亡，到最后只剩下一头雄性白犀牛和它的女儿、外孙女。全世界只剩下三头北部白犀牛了。北部白犀牛极度濒危。

唯一的希望就落在这头叫“苏丹”的雄性白犀牛头上，全世界关注的目光都集中在它身上，期盼它能够创造奇迹，能够自然繁殖生育出白犀牛，让种群在极度濒危中起死回生。

苏丹每天的出行都有四名荷枪实弹的特警保护，全世界的政客和名人都为能够见一见苏丹而感到荣幸，他们也希望通过行动来唤醒大家保护珍稀动物的意识。

可是，奇迹并没有发生。苏丹因为年老体弱，身上并发了多种疾病，生存处于极度痛苦的状态。在绝望中，为了减少苏丹的痛苦，2018 年，人们被迫对苏丹实施了安乐死。

地球上最后一头雄性北部白犀牛从此消失了，同时也宣告这个种群在地球上灭绝。

我深夜在尼泊尔奇特旺写下这些文字的时候，内心真诚的祝福不远处的独角犀牛神兽们，期望你们永远生活在属于你们的世外桃源里，永远不再有干扰和屠杀。你们可爱的样子，将永远给这个星球带来活力和欢乐。

最后有一句话不得不提：人类活动对已灭绝动物的影响，比自然演化影响超过 1000 倍。根据历史记载，近 2000 年来，有 110 多种兽类和 139 种鸟类已从我们的地球上永远的消失，其中三分之一是近 50 年灭绝的。

激流险滩历险记

昨日在湘西猛洞河漂流，我亲眼看见惊心动魄的一幕：一位来自江苏无锡的阿姨差点被淹死。

我们一帮人战战兢兢挤上橡皮艇，经历了短暂的平缓开阔河道之后，很快一个又一个的激流险滩开始出现。

这时才感到身上的救生衣是如此重要，难怪上船前工作人员一遍又一遍地叮嘱要系好救生衣的带子。每一个险滩的岸边，太阳伞底下都坐着工作人员。此刻，救生人员的存在，让惊慌不已的游客内心稍稍得到安慰。

过了几个比较大的落差激流，大家渐渐适应了这种状态，开始兴高采烈嗨皮起来。人生旅途永远充满凶险。突然，一股带着极强冲击力的水从天而降，顿时眼前一阵混乱，水柱冲天，一片惨叫，冰凉的水一阵一阵地扑来，眼睛完全睁不开，只感到身体的每一个部位都在淌水……各个皮划艇之间的水仗开始了。

水仗打得极为激烈，我们的武器水枪射程和水量明显不及别人，小米加步枪根本不是洋枪洋炮的对手。我们一船人被击打得晕头转向分不清东南西北，心里后悔不已痛苦不堪，不舍得花钱买先进武器，落得个被动挨打的结果。

我们船上的无锡阿姨首先投降，她们放下武器，举起双手，口中哀求，表示接受失败的现实。我看效果还不太明显，偶尔还会有小股敌人攻击，我只能挑拨离间，激化敌人之间的矛盾，让他们其他船只大打出手，我们趁机逃出战区绝尘而去……

逃出战区的战友们，顶着一身的透凉阴湿继续在咆哮的猛洞河冲锋陷阵。无锡阿姨毕竟年龄大了，欢悦的心情持续没多久，感到她们有点心不在焉，期盼早点结束漂流，好上岸歇息。

一片短暂的寂静。猛洞河道变得越来越狭窄，两边绝壁陡峭、树木参天，偶尔能听见几声鸟鸣和知了的声音。“快看快看，树上有猴子，”船老大指向一片树林，只见树枝摇曳，几只猕猴在丛林间穿梭跳跃。

大家只顾着观景，加上水仗后的倦怠，都没有注意前方河道的危险。皮筏艇突然一阵颠簸，我们一船人顿时惊慌失措东倒西歪。等我回过神来，发现左边坐着的无锡阿姨已经掉入水中，大家手忙脚乱准备去拉人，可是因为重心不稳，几次尝试都没把人救上来。无锡阿姨趴在船边，双手紧紧抓住缆绳，巨大的波浪水花怕打着她的身体。我担心时间久了，无锡阿姨体力不支，再说河床复杂多变，很容易发生意想不到的险情。我和另一位船友趴着爬向无锡阿姨，使尽全力连拖带拽准备把她拉上来。可是，船速太快，船沿湿滑，拉了几次都没有成功。

“我们还有一个人不见了，”只听船上的另一个无锡阿姨一声凄厉的惨叫。还有一个人落水了？大家顿时一阵慌乱，纷纷望向身后的河道，可是没有看到任何动静。“我们刘老师不见了，我们刘老师不见了，求求大家快救人啊，”船上的无锡阿姨撕心裂肺地哭喊起来。

我奋力拉住落水无锡阿姨，眼睛往船底看了一眼，猛然发现还有一双脚在河底摆动。“有人在船下面，”我大喊一声。整船人慌作一团。船老大极力控制住船速，皮划艇总算在一个礁石边顶住不动了。船老大跳入水中，大家手忙脚乱先把趴在船边的人救上岸，再从水底捞出了另一位无锡阿姨。

船底的无锡阿姨被拖上船，整个人瘫软无力，脸色煞白，眼睛呆滞，口中一阵一阵地往外吐水。船友们纷纷过来帮忙，有的掐人中，有的拍打背部，有的言语安慰……

大家折腾了一分多钟，“呜呜呜……”无锡阿姨哭了起来。“好了好了，哭出来了就好了，”听到落水的无锡阿姨有了动静，大家才松了一口气。

原来，大家都在放松观景，皮划艇突然遇到激流回旋，船体颠簸一刻两位无锡阿姨一起落水。因为慌乱，水面的阿姨压住了先落水的无锡阿姨，水下的阿姨又死死抓住缆绳不肯松手，大家的注意力又都在水面的落水者，没人知道水下还有一个人，幸亏发现及时，再多耽误一分钟，可能就要出大事了。

遇到这种情况，水下被压住的人应该松手放开缆绳，因为身上穿了救生衣，身体会自动浮出水面。可能落水者心里发慌，害怕被激流卷走，所以不敢轻易松开手弃船逃生。

所以，夏季嬉水运动较多，落水后如何自救显得尤为重要。不论是在游泳池、大海里、河道、还是水库，人多嘈杂，打闹嬉戏，险象环生。水底情况不明，很容易导致意外事故的发生。有的人明明已经溺水了，别人以为你在嬉闹，错过了宝贵的救援时间。

我小时候差点被淹死，幸亏别人及时发现了异样，把我从死神手里夺了回来。当时夏季大家纷纷去村野水库里游泳，我水性不好，但看见岸边有很多美女在观看，小伙伴们又一个个在水里好似蛟龙入海悠然自得，我尝试着慢慢接近深水区，装作也会游泳的样子，在美女面前必须要帅帅的酷酷的。正在耍酷，突然脚下踏空，咕隆掉进了深水区，整个人像秤砣一样往下沉。我一阵慌乱，奋力往上爬，可是水中的压力像一张网，根本使不上力。我咕咚咕咚喝了几口水，顿时感到脑门鼓胀，手脚乏力，我感到我要死了，我绝望地在水中挣扎。我突然看见了一道光亮，那是生命最后的光亮，我心想我要抓住这束光，我不能就这样死了。我感到自己的脚踩到了一块岩石，我使出最后几乎所有的努力，猛力蹬出了水面。我的头在冲出水面的一刹那，我使劲吸了一口气，双手使劲怕打水面，我想撕心裂肺地喊救命，可是根本喊不出声来，每一次张口都被灌入更多的水。就在我即将再次沉入水底的关键时刻，一双有力大手从后面抓住了我的胳膊，把我从鬼门关拉了回来。我心里一直默默地感谢这个救我的陌生人。从此我苦练游泳技术，尽管只会挥舞那难看的狗刨式泳姿，因此被人嘲笑过好几次，但至少可以狗刨游出几十米，掉水里妈妈再也不用担心我会被淹死了。

每年暑假新闻里都有报道淹死人，假期的孩子居多，看来学习一下游泳和水中自救十分有必要。

冰山上的来客

越野车呼啸着冲上帕米尔高原，耸立云端雪山群中，慕士塔格峰在阳光下光芒闪耀。在朝圣者眼中，每一座雪山都住着神。在我的眼中，前方巍峨挺拔的山峰，分明就是那戍边卫国的铮铮战神。

到了边疆，“祖国”两字更显出沉甸甸分量。到了边关，“战士”两字才显得更加刚强。任何宣传片不及亲见边关哨所带来的那份祖国自豪感，任何卫国故事不如亲自看见边关守卫战士来得感动。

曾经无数次看过卫国戍边战士与入侵者徒手搏斗的视频，为了大局，为了和平，他们遵命，他们隐忍，用肩膀，用胳膊，用胸膛，抵挡入侵者，祖国土地寸土必争绝不退让。在边关面前，相信每一个国民心中自然会燃起一个强烈信念：祖国利益高于一切，中国没有一寸土地是多余的，不惜用生命去捍卫。

站立慕士塔格峰脚下，望见山顶的云朵像极了一顶军帽，帽檐下的雪山好似战士刚毅的脸庞，刺骨寒风呼啸好似战队的声音在群山回响“保家卫国，人在边关在……”

此生最大的遗憾，没有实现从军报国的梦想。一个男子汉，经过军队的锤炼，该是多么珍贵的经历。此刻站立边关，只能默默地注视着前方的那一抹迷彩军绿，羡慕敬仰之情用赞歌来唱响。

美丽的帕米尔高原，惊艳的景色连绵不绝。慕士塔格峰的壮美，白沙湖的绝美，高原湿地的唯美，古石头城的凄美……我是冰山上的来客，我感受到钢枪保卫下的祖国和平之美！

开往伊犁的夜间火车

坐上开往伊犁的夜间火车，思绪早已飘向遥远的绿洲走廊。无数次被摄影师镜头下的伊犁河谷美景所震撼，不去一次，似乎没法安慰自己那颗躁动不止的心。

感谢老天给了我一个丰富的想象力，坐上绿皮慢火车，很是享受这份悠然。趴在窗口，一脸憧憬，眼里放着光遥望远方，夜晚八点的西方地平线依然霞光满天，脑子里想象着的伊犁河谷美景似乎愈发真切。

不到新疆不知道中国有多大。过去坐火车去新疆，要七天七夜的路程。距离让人产生了行走的迟疑，距离又给人带来无尽的美好遐想。《在那遥远的地方》，洛宾先生的歌，让我从小就记住了新疆有个美丽的好姑娘。如今到了这把年纪，美丽的好姑娘不敢多想了，那就把这份激情转化为追寻美丽新疆的好风景吧。

“五月天山雪，无花只有寒”李白先生也喜欢到处溜达游历，不知道当年他到没到伊犁河谷？反正第二天我看到的伊犁景色，不到五月，伊犁河谷已是一片郁郁葱葱蓬勃生机。真的和我火车上想象的差不多，这条生命走廊里的一切就是一幅绝美的画。

大自然是位高级魔术师，他那双神奇的手造就了地球上的千姿百态。

身处内陆的新疆，无处不体现自然之奥秘。广袤无际的沙漠戈壁，在一座巨大的山脉间，孕育了一条生机盎然的绿色走廊。

天山，像几条巨龙，东西走向，虎踞龙盘横亘在新疆的中央。“明月出天山，苍茫云海间”他以天为名，与日月同辉，华夏神话，武林玄幻，无不以天山为神圣所在，它早已超越了自然，成为我们心目中的神山。

有水就有生命。新疆尽管位于中国最干旱的地区之一，天山却在此架起了一条水的走廊，而有水的地方就有生命舞动。天山缔造了塔里木河、伊犁河、赛里木湖、天池……

山河在这里搭好舞台，生命才是舞台上的主角。植被首先登场，它们从南北两侧山前的平原，开始“围攻”天山。不同海拔地带，随着季节的转换，造就了不同的地貌和植被，也造就了美轮美奂的大美新疆。

人类文明是这方绿色走廊最大的主角。各种民族肤色，东西文化在此交融冲撞。骏马香车，歌伎乐舞，古卷青灯，西域的一切令人痴迷。

千年古丝绸之路驼队，悠悠驼铃苍茫商路，西去无故人的怅然，随着海运贸易兴起，古丝绸之路逐渐暗淡消沉。

“伊犁快到了。”隔壁卧铺车厢传来轻快的声音。从西安出发，火车夕发朝至，来新疆有了高铁，不必再惧怕路途漫漫的煎熬。

相比古人，西行路漫漫。劝君更尽一杯酒，西出阳关无故人。枯藤老树昏鸦，古道西风瘦马。出了嘉峪关，在古人眼里，故土故人已经远去。中国太大了，走了一天，直到夜黑风高，才靠近了辽阔新疆的边缘。列车路过一个个古边关，想起了几个湖南人的名字，一位横刀立马彪悍的叫左宗棠的男人，他挥师西征，所向披靡，金戈铁马，气吞万里如虎，硬是在强敌手里夺下了新疆万里江山。一位呕心沥血叫曾纪泽的湖南人，他巧妙周旋，虎口夺食，硬是霸蛮从沙俄手里把伊犁夺回了祖国怀抱……心里默默一拜，向这些久仰的老乡道一声无声的问候。西进隆隆列车轰鸣，分明就是那千古英杰传奇的赞歌……

驼铃古道，大漠孤烟，沉寂多年，萧瑟的西域再一次迎来了生机。高速时代，高铁时代，5G 时代，人工智能时代，将无情碾压骡马时代、海运时代，就如滚滚的天山雪水，注入久旱大地，滋润万物勃发。

未来，大路依旧出天山！

神秘沙漠

多数男人都比较喜欢地理和历史，掌握一点这方面知识出门游历，心里的感受完全不同。假如再增加一点好奇心，旅途要有意思得多。

对遥远喀什的向往不是一天两天了，过去因为某些原因一直不敢来，这次鼓起勇气以最大的诚意坐着火车来了，了却了心中那份执拗的愿望。

不到喀什，不算到过新疆。喀什保持了最纯真的民族味道，这座2000多年西域古城像戴着面纱，永远也看不透她神秘的容颜。

喀什的神秘，除了他本身，还在于他依附的一个巨大的体量存在——塔克拉玛干沙漠。这个相当于三个浙江省面积的巨大沙漠，被称为“死亡之海”的地方，流传着无数让人痴迷的传奇故事。

昨晚睡在塔克拉玛干沙漠最西边的城市喀什，我不停地翻看床头柜上的高清地图，一遍遍确认自己所在的位置，生怕自己做了一场梦，没有真正来到古丝绸之路这个遥远的城邦。

古丝绸之路商贸驼队，出敦煌进入新疆不久，就分为南北两个走向，绕过巨大的塔克拉玛干沙漠，最后在沙漠最西部的喀什汇合。处在这个位置，喀什没有理由不繁荣，商人们带来了东西方的文明，带来了最时髦的货物，也带了口口相传的故事，包括塔克拉玛干沙漠的故事。

民间有关沙漠的故事，特别是有关巨大沙漠一小部分罗布泊的故事，总是充满神秘感和诡异气氛。相信你找到喀什那些白胡子老人，他一定会眼里充满着神秘的光，跟你讲上几天几夜那些流传千古的故事。

人类历史只是这个星球时空的沧海一粟。沙漠中存在过的人类文明，湮灭在呼呼黄沙中，那些时隐时现的古老城邦废墟，有多少谜团至今未能解开。楼兰、精绝、尼雅……这些存在于沙漠腹地的古国，他们为什么在这里？又为什么消失得无影无踪？他们到底隐藏了多少不为人知的秘密？黄沙漫漫静无言，没有办法知道为什么。

我更关心好奇一个更大的为什么，西部几大盆地怎么形成的？对于塔克拉玛干沙漠的形成，科学家的解释总感觉有些牵强。什么印度板块深入亚洲板块地壳，挤压抬举形成青藏高原，阻挡了海洋水汽进入，因为干旱从而形成了沙漠云云。我对此表示质疑。

追根溯源，好奇心的驱使，西部的几大盆地到底怎么形成的？它不可能自己变成这么大的一个巨坑。说得更直接一点，按照地球的地貌变化规律，没有外力，不可能自己形成这么巨大的似乎还很平整的几个坑。

科学家有顾虑，不敢直说怕引起人类忧虑？或者没有确切依据来证明巨坑的形成？或者形成的原因太过久远无从考证？其实，外星球早给了答案，月球上遍布各处的陨石坑，火星上无处不在的陨石盆地，为什么地球上就不可以？我们的地球真的有这么特别吗？

人类的智商早过了愚钝的时代，对自然对外太空的了解逐渐清晰。沧海桑田，岁月更替，多少自然与文明的故事，湮灭在漫漫时空中。我们唯一能做的，热爱身边的一切，大胆猜想天地万物的可能，热情地创造属于我们的精彩，给未来留下一个个美好的故事！

浪漫之城

人间有一种感觉叫浪漫，这是世俗生活那堵斑驳墙上画的一朵花。浪漫属于心里种下浪漫种子的人，一旦遇到温情的土壤，浪漫之花就无声绽放。

那些文人们是营造浪漫的高手，不懂浪漫似乎和木讷呆板无趣画等号，就无法书写出撩拨读者心弦的美文。

让我花掉一整幅青春，用来寻你。——徐志摩

记忆的梗上，谁没有两三朵娉婷，披着情绪的花。——林徽因

岁月极美，在于它必然的流逝。春花、秋月、夏日、冬雪。—— 三毛

但愿人长久，千里共婵娟——苏轼

妙笔生花属于文人们的专属，我们普通人虽然不一定能写出什么精彩的句子，可是我们内心深处同样可以蕴藏着浪漫的情感。

我始终觉得，幸福感很多时候源于自己具有一颗浪漫的心。尽管有时候显得故作姿态，或者浪漫得莫名其妙，可我确确实实从中得到了好处，时不时被浪漫搞得无比心醉。

昨晚又被浪漫的感觉拥抱了一把。初到哈尔滨，北国的初秋，气候宜人，舒爽愉悦。晚饭后，我徒步来到著名的哈尔滨中央大街，这是我

第二次来到这里，属于故地重游。上次的感觉已经很模糊，印象里就是一条有点外国风情感觉的古老街道，逛了半天也没看到传说中的美好。

这次来，我不是冲着哈尔滨来的，我想去一个历史书中传说的地方，仅仅路过而已。没想到，这次踏入哈尔滨中央大街，会带给我不一样的美妙感觉。

从沈阳，到长春，再到哈尔滨，东三省三座大城市走了个遍。实话说，东北不像南方经济发达地区人们脑子里认为的那样冷清萧条，这里具有南方地区城市没有的东西。比如沈阳的爽气，长春的大气，哈尔滨的贵气。这三个城市都有不缺乏时尚潮流范儿，而且是那种有深厚底蕴散发出来的自然范儿，并非刻意营造的。

千万别被赵家班的二人转给迷惑了双眼，东北不全是那样的，至少东北三个大城市不是那样的。不信你自己来体会。当然你必须会体会，别去错了地方。

东北三个省会城市都有非凡的历史，从这几个城市留存下来的那些个老建筑老工厂就能看出不一般。出身名门，再怎么落魄，人家身上与生俱来的东西不会丢失。

每个城市就如一座山头，有的山头只有灌木丛、茅草堆，有的山头除了灌木丛还有高大挺拔的树。这些挺拔的“树”，就是一座城市的精华。精华和树的品种无关，和职业地位无关，和本身具备的品质息息相关。

经常能在上海、广州、成都、哈尔滨等城市街头看见一些气质优雅举手投足有教养的男人女人。他们就是这个城市挺拔的树，属于这个城市浪漫色彩的第一来源。

我始终觉得，对一个城市的好感或厌恶，很大程度上来自这个城市的人带给你的。一方水土养一方人，一个城市里的人容易互相作用影响，从而形成大致相同的行为和思维特征。

因为人的思维定式，从而影响了这个城市的整体面貌和气质。

总体来说，越是开放包容的城市浪漫气息越浓厚。因为包容，允许百花齐放百家争鸣，不会被妄自尊大打压排挤。当各种生活方式和思想自由发展时，这个城市一定是多姿多彩的。

巴黎是公认的浪漫之都，本人也最推崇巴黎的，我认为它是浪漫城市榜单的冠军。巴黎的浪漫是刻进骨子里的。这里拥有全世界最地道的艺术氛围，拥有全世界最顶尖的艺术家，拥有全世界最自由包容的空间。无论漫步巴黎的街巷还是塞纳河岸，古典与现代的完美结合，诗一般美好的建筑，歌一样美妙的街景，自由街头艺术家与高雅艺术殿堂共存，一对对气质高雅彬彬有礼的市民悠然漫步左岸，徜徉于咖啡馆、博物馆之间，享受葡萄酒的醇香，感受沁人心魄的温馨，这是何等的浪漫啊！

如今国内各大城市都在极力推荐自己，可以在告诉全世界我硬件有多牛的同时，再用心给自己的城市营造些浪漫氛围，这可能会更打动人心。

我们部分大城市已经意识到了这点。我发现上海、成都、重庆、哈尔滨等城市在细节上作出了喜人的改变。

我去年秋天回上海，惊讶地发现上海竟然有了很多接地气的街头演出，公园里多了许多亲民的活动。我某天下午路过静安寺，公园广场有一对年轻艺人在街头表演，我站立人群里欣赏演出，不一会儿就融入其中。演奏的水平较高，博得市民的热烈反响。艺术不能都高高在上，也应给市井烟火一些空间。这些演出显然是得到城市管理者鼓励支持的。秋风轻拂，暖阳绵绵，静安公园里红叶层染，旋律起伏动人心弦，一切都是那么的触手可及与浪漫迷人。

重庆、成都气候独特，相对光照不足，灰暗天气较多，因此让城市变得有色彩十分重要。过去，重庆整个城市给我的感觉是拥挤压抑，灰暗潮湿天气下，整个城市灰头土脸，让人极度不适。

这几年，重庆发生了改变，物理色彩改变了，最值得惊喜的是栽种了许多在各个季节呈现多姿多彩颜色的行道树，一下子从视觉感受上美好了很多。重庆还在人文上下了功夫，通过打造一些网红景点，让年轻人纷纷打卡这座城市。如今的重庆不仅让人感觉亲切，还给人带来了美好的浪漫氛围。

昨晚我徜徉在哈尔滨中央大街，被各种街头表演和活动吸引。哈尔滨城市管理者很了解自己的城市需要什么，街头设置的每一个表演都是恰到好处的。

城市浪漫气息，通过视觉、听觉和感觉来传达。我永远忘不了第一次去大理、丽江带给我的震撼。这个遥远的彩云之南，一座灯光迷离歌声如潮的世外桃源所带来的浪漫气息，让我沉醉迷恋了很久。

从昨晚到今天，哈尔滨中央大街那曲悠扬婉转的萨克斯风仿佛让我着了魔，那旋律带来的浪漫情怀，让我幸福了一整天！

两个忧伤者的求救

为何而生，为何而逝；为何而悲，为何而泣。SOS，两个忧伤者的求救……

我叫赵佶，我叫赵恒，我俩来自遥远的中原开封，过去乃大宋皇帝，人称徽宗和钦宗。“拜托各位，假如有人路过中原，告诉开封人，我和儿子到了东北依兰。”

天遥地远，万水千山，知他故宫何处。

怎不思量，除梦里、有时曾去。

无据，和梦也、有时不做。

从哈尔滨出发，坐车四个小时，我来到了依兰。初秋时节，东北大地金风玉露、稻谷飘香，一派优美的田园风光。我生长在南方，无法体会东北冬天的酷寒。零下近四十度！远古宋代，没有暖气，活在东北如何抗寒？

我叫赵佶，我叫赵恒，这就是我们在东北的住所地窨子。我们的房子有一半在地下，上面盖上树皮茅草，仿佛生活在井底，冬季北风呼啸，感觉随时会把房顶掀翻……

彻夜西风撼破扉，萧条孤馆一灯微。

家山回首三千里，目断天南无雁飞。

我站在地窨子门口，往窗户里望去，黑暗中一股阴湿潮气溢出。我想象着一个凛冽寒风之夜，昔日的大宋天子听着萧瑟的北风吹打着简陋的破门，面对着一盏昏暗的灯光，度过一个又一个不眠寒夜。想起自己的家国，望向遥远的南方，望断天涯都看不到一只飞翔的大雁。此情此景，甚是凄凉忧伤……

我叫赵佶，我叫赵恒，我们曾经住在开封金碧辉煌的宫殿里，遥想当年万民同庆大宋盛世，群臣朝拜八面威风，后宫华美佳丽三千，山珍海味歌舞绵延。可惜，我不听良臣进言，腐败奢靡之风盛行，断送了我九代江山。

九叶鸿基一旦休，猖狂不听直臣谋。

甘心万里为降虏，故国悲凉玉殿休。

我始终认为，一个人一旦身份特殊，面对受辱的时候，没有资格活着，只有以死解千愁。我一度痛恨宋徽宗、宋钦宗贪生，连皇后都知道以死保尊严，他们两个大男人为什么不自我了断免受屈辱？后来我彻底想通了，皇帝这个职业看似荣耀至极，实则痛苦不堪。出身皇家的赵佶，他的人生有选择的余地吗？当皇帝的重任架到他身上的时候，哪怕有一万个不情愿，他也得硬着头皮登上那凶险的龙椅。大敌当前，本来就不愿意干皇帝这个职业的赵佶，迫不及待把皇位禅让给了儿子赵恒。难道赵恒就愿意干？他也一万个不愿意啊！

我是赵佶，我是赵恒，我们来到金朝快十年了，跟随我们来北方的三千家人、朝臣多数去向不明或已不在人间，我对不起他们，愧对他们的坚守与陪伴。我们被金朝封为昏德公、重昏侯，除了内心屈辱，生活基本还过得去，粗茶淡饭，有时候还有肉吃。

国破山河在，宫廷荆棘深。

衣冠今何在，恶作北朝臣。

我不知道当时的大宋是如何布防的，怎么能够让金军一鼓作气瞬间打到了首都开封城下？大宋不是国富民强吗？清明上河图里我们真切地感受到了大宋的空前繁荣昌盛啊。为什么没有有效阻击？为什么没有援军到来？为什么不殊死抵抗？平时养的那些大臣军队百姓都干什么去了？关键时刻怎么就没有一个武将站出来独当一面？无数个问号，以致我捶胸顿足大惑不解。

我叫赵佶，我叫赵恒，我们曾经是大宋的皇帝，我们来金朝北方十多年了，实在难以适应这里的生活，我们的身体越来越不好了，我们希望故国中原的人们别忘了我们，能否想想办法把我们弄回去。

投老汗州北，西风又是秋。

中原心耿耿，南国泪愁愁。

自己已经是垂暮老人，却身在异邦，远离故土，备受虐待。然而中原大地的人们仍然忠心耿耿，同仇敌忾。宋徽宗希望自己在垂暮之年，能够有望在中原众人的努力和争取下，重回故国，以改变自己屈辱不堪的处境。可是，宋徽宗太天真了，他只适合做个天才艺术家，根本不懂做皇帝的政治手段。南宋抗金，只有一个人希望解救他，这个叫岳飞的人最终同样不懂政治规则含冤而死。把你俩解救回来，我现任皇帝赵构往哪放啊？

我之所以大老远跑去看宋徽宗被囚禁的故地，除了对代表我华夏宋朝的衷情，还有就是对宋徽宗赵佶这位天才艺术家的无比崇拜。看了宋徽宗的字画，以及以上这些他在东北囚禁写的诗文，他真真切切是一位大艺术家，是不可多得的艺术天才。他的“瘦金体”书法的美，令人叹为观止，绝对美到了极致。看了王羲之书法如果是赞叹，看了宋徽宗的书法那是称奇。一个奇异的人写出了旷世奇美的字。字体营造的高贵优雅气息，那种超凡脱俗的美，看了直叫人阵阵落泪。

有关南宋皇帝赵构的真实想法，以及岳飞是否真正违抗圣意，执意救出徽宗钦宗二帝，从而导致赵构被迫杀了岳飞，始终是个谜。学界也有很多分析推断，争论不断众说纷纭。不过赵构一心苟且求和这个事实证据确凿。历史的恩怨纠葛，国与国之间的博弈，牵扯到的问题十分复杂，当时的情况只有当时的人才能够明白。

1135 年，宋徽宗死在了依兰，两年后消息传到了南宋杭州。南宋与金最终和谈，岳飞被杀数月后，金国送归徽宗的梓棺，以及赵构的生母韦太后。而钦宗，则被终身扣为人质，专门留着对南宋赵构做政治讹诈。钦宗最终被扣留金国至死，死了也隐瞒了五年，能讹一年是一年。金国就连钦宗的子孙也不放归，金世宗说了："赵氏养济之事，乃国之美政，不可罢。"

历史总是惊人相似。当年北宋联合金国灭了辽国，北方没有了牵制的金国，剑锋直指南方。后来南宋又和蒙古联合灭金，虽然报了前仇，可是北方没有了牵制的蒙古把南宋赶到了海里。

世界好似巨大赌场，我却没有制胜筹码。让我解脱，让我解脱，像孩子一样，安然睡去……两个忧伤者的求救，虽历经千年，可仍在继续。

星星在地上的投影

我不明白长沙为什么叫星城，我自认为可能这里电视娱乐业比较发达，因此产生了很多演艺明星，所以叫星城。

每次到长沙小住，我经常傍晚去湘江边散步。悠闲安逸是这个城市夜晚最舒心的风景，微风徐徐吹来，两岸霓虹闪烁倒映江面，人们三三两两信步江堤。听见一位小朋友问她爸爸："爸爸，我们长沙为什么叫星城呀?"

这位爸爸指了指星空，微笑着回答："天上有一颗叫长沙的星星，它的影子啊投射到地上了，正好是我们脚下这块地方啊，所以长沙就叫做星城啰。"

我听了十分欣喜，原来"星城"是这么来的，顿时觉得长知识了。我赶紧掏出手机，百度"长沙为什么叫星城，"搜索结果对应了这位父亲的解释。《史记》说：天上二十八宿中轸宿有一附星名为长沙，古人按星宿分野的理论，将对应的地域称为长沙。

长沙的地名来得如此不同凡响，那到底有哪些特别之处呢？带着戏谑的心理，开始探寻起来。首先想到的特别，当然是这里电视娱乐业发达，世界各地的演艺人士特别是华人圈的明星们要想在内地走红，必定首先选择来长沙，录制一台节目，立刻名满天下成为那颗耀眼的星星。

翻开长沙的历史，惊讶地发现，这里人文荟萃、群星璀璨。许多的地名，原来内涵如此卓尔不群。我从小就知道湖南有三个地方叫醴陵、零陵和茶陵，但了解到这三个带“陵”字地名所蕴含的非凡意义，还是近几年的事。中华民族的人文始祖炎帝的势力范围就在长沙，死后“崩葬长沙茶乡之尾”、而另一位始祖“舜之所葬，在长沙零陵界中。”也就是说，我们炎黄子孙先祖中最耀眼的两颗巨星——炎帝和舜帝，都葬在了古长沙国的境内。

长沙的地形十分独特，他是整个中国地形中的一个特别所在。大中国的地形整体西高东低，长江、黄河也是由西往东流。而大长沙的地形南高北低，东南西三面环山，北面一个缺口正对着洞庭湖，湘江顺着南高北低的地形奔腾向北。从空中俯瞰整个长沙地形就像一把太师椅，面向北方的辽阔。

古长沙国便是北方的福地。从国运来说从来没离开过长沙。“楚虽三户，亡秦必楚”“天下兴兵诛董卓，长沙子弟最先来”“惟楚有材，于斯为盛”……这样豪气的赞誉，不是一般人敢受用的。长沙用实力证明了一切。

我经常去爬岳麓山，山上埋葬了满山的英烈名士。山下的岳麓书院，培养了名满天下的英杰。就近代来说，长沙走出了一大批影响中国历史发展的巨星：魏源、贺长龄、曾国藩、左宗棠、郭松涛、胡林翼、蔡锷、黄兴、陈天华、谭嗣同……

新中国的建立，毛泽东带领的一帮长沙伢子，更是光芒闪耀的时代明星。轸伢子——黄兴、九满伢子——刘少奇、寿昌伢子——田汉、肖满伢子——肖劲光、开伢子——王震、五伢子——许光达、富伢子——李富春、九伢子——胡耀邦……文艺明星更是数不胜数，国歌词作者田汉，《摇篮曲》作者贺绿汀，奥斯卡音乐大奖获得者谭盾……今天，长沙年轻人依然不凡，长郡中学、雅礼中学继承岳麓书院的文昌运，不但成为排名全国前五的中学，每年输送到清华北大的人才不计其数。清华毕业的长沙伢子朱镕基总理，更是我崇拜的偶像。

奇怪的是，长沙除了本土人才辈出。那些外来者一到长沙地界，也迸发出不一样的光芒。战国时期，一个叫屈原的流放者，黯然离开中原，一进长沙国地界，抑制不住的文思涌动，挥笔写下流传千古的《离骚》《国殇》《九歌》《天问》等极具浪漫主义的诗歌，成为中国文学史上最耀眼的明星。汉初，贾谊被贬长沙，一进长沙国地界，开汉赋之先河，激情澎湃写下《吊屈原赋》《鹏鸟赋》《过秦论》……成为中国历史上不可忽视的政治和文学明星。历史上来长沙发光发亮的明星数不胜数，孟浩然、杜甫、李白、韩愈、柳宗元、李商隐、刘禹锡、张九龄、宋之问……他们都在长沙留下了情深义重的千古诗篇。李白的"一为迁客去长沙，西望长安不见家"。长沙地形唯一的开口，面对辽阔北方，许多伟人心怀天下，在长沙这片土地留下了他们的雄心壮志、悲欢离合。

我坐在湘江边，只见江心静静划过一条小船，我的思绪回到了公元770年深秋的某夜，一位叫杜甫的人，深情地望了一眼岳麓山，再幽幽地望了一眼北方，在留下了一段激情文字之后，客死湘江边的一条破船上。

长沙是包容的，长沙是博爱的，长沙是热情的，长沙是勇猛的。"朋友来了有好酒，敌人来了有刀枪。"长沙接纳了北方的朋友，更殊死搏斗抵挡了各方的敌人。我某日误入一座山林，陡峭山崖下有一深潭，路边石碑有"昭潭"二字。细问打听，才知道此处是周昭王前来征讨长沙先民，周军全军覆没葬身之地。南宋抗金抗元，全城百姓殊死抵抗，历时三个月，最终城破，从长沙知府全家到长沙全城百姓，无一投降，自杀殉国者不计其数。以致敌人都深感震撼和敬佩，而放弃进一步屠城。英烈的故事在抗日时期再一次上演，全国进行了22次抗日大战役，其中有六次在湖南，日军遭遇抵抗最激烈死伤人数最多的地方就在长沙。

忠魂烈骨，续写着英雄的历史。风流豪杰，激荡着时代的脉搏。普天赞誉，激励着湖湘儿女。曾在长沙生活的一颗耀眼明星陶渊明曾写道：“在我中晋，业融长沙。恒恒长沙，伊勋伊德……”这句诗，浓缩了从古至今长沙这片热土连绵不尽的功和德。

如今，湘江两岸，橘子洲头，麓山脚下，已成千亿经济繁荣大城。彩霞满天，礼花绽放，千古流传的繁星璀璨的功德故事继续在浩荡宏大中演绎。

定王台

长沙天心阁附近，有个高地，名叫定王台。

在我懵懂无知的年纪，曾经来过定王台，那时脑袋里装不下深沉，顶着一身的青涩浮躁，漫无目的地飘过。只是鞋帮上那一层定王台的尘土，让每一个沾上的人，此生或多或少注定结下不解之缘。

三十多年后的一个冬夜，我莫名其妙走到了早已陌生的定王台。那夜，寒风凛冽，滴水结冰。南方的湿冷有着极强的穿透力，冷空气无孔不入，侵入心脾。

通往定王台的桥洞底下，寒风似乎收敛了一些。只是里面阴气萦绕，让人感觉十分不安。我快步向前，桥洞里回响着我“咚咚咚”大皮鞋的声音。突然，前方桥洞阴暗处有一团黑乎乎的东西在蠕动。我心里一惊，放慢脚步，定睛一看，立刻判断出有流浪汉在此落脚。

黑灰的棉絮下，一个脑袋露在外面。脑袋被一头银色的蓬乱长发包裹，很明显这是一位老奶奶。我顿时情绪波动，刚开始进桥洞的忐忑不安消失殆尽，怜悯之情油然而生。

“老奶奶，这么冷你怎么睡在这里啊？”我尝试着和老人交流。一只枯槁如柴的手从棉絮里抽出来，扒拉了一下那头乱蓬蓬的银发，露出半边脸，一张布满黑灰皱纹的脸。“没事，小伙子，谢谢你关心，我是来捡垃圾的。”老人睁开眼睛，使劲露出笑容。

我走出桥洞，心里说不出的难受。我突然想到了我母亲，竟然看到拾荒老人会想到母亲。我果断返回，掏出身上仅有的一百元现金，轻轻地塞进老人的棉絮里。

两千多年前的一个冬夜，定王台也有一个男人在想他的母亲。惨白的月光下，一个瘦高男人步履蹒跚爬上高坡，厚底棉鞋踩在地上“咯吱咯吱”地响。寒风刺骨，像针一样刺透男子的心。路边的行人早已绝迹，飞鸟，走兽，消失得无影无踪。

和寒冷相比，男子回想一生遭遇的歧视和冷遇，更让他寒彻心扉。“这个鬼天气”男子轻轻地骂了一声，哀怨的眼神看了一眼四周。万物凋敝，空气凝固，一切了无生趣。

男子安静地站立高坡，眼睛定定地望向西北方向，沧桑的脸庞，两行热泪夺眶而出。男子嘴里似乎在念叨什么，寒风裹挟着他微弱的声音吹向了苍茫天空。

“定王大人，天气太冷啦，别站久了，我们回去吧。”坡下一个打着灯笼的仆人喊道。瘦高男子“嗯”了一声，搓了搓手，蹲下身子，用手捧起一把泥土，放到鼻子跟前闻了闻，他顿时感到被寒冷凝固的血化了，一股热气传遍全身。

这些土有着神奇的魔力，它们能化解男子心中的郁结。男子灰白的脸上有了血色，眼睛里有了光亮。他轻快地抬起脚步，朝坡下王府走去。

男子名叫刘发，是长沙国的国王，人称定王是也。刘发的父亲，西汉最有名的皇帝之一汉景帝，“文景之治”让国家空前富强，刘发的长沙国也不例外。

长沙国盛产优质大米。“上风炊饭，下风十里闻香。”孝子刘发每年都要准备长沙国最上等的大米，派专人送到都城长安，孝敬自己的母亲唐妃和父亲汉景帝。

每次派送米特使去长安，刘发都要特意叮嘱：你等返回时，再把运米的车装上长安故乡的泥土，切记。

长安土运到长沙，刘发吩咐属下：把土堆到城东山脚下吧。几十年下来，长安土已经堆成了一座高高的山坡。每每思念母亲的时候，定王刘发就独自爬上高坡，遥望远方，再闻一闻故乡的泥土气息，以此慰藉内心的思念和郁结。

定王远离故乡和亲人，思念难免，心中充满郁结又为何？童年的身世之谜，让长沙王刘发一辈子不能释怀。

两千多年前一个春天的夜晚，万物萌发，春光无限。忙碌了一天的汉景帝晚上喝了半坛子劲酒，一下子感到体内燥热难耐。春心荡漾的他，脑子里浮现出了宠妃程姬的样子：娇羞的眼神，凝脂般的皮肤，凹凸有致的酮体，清脆而没有口音的话语，知书达理的内秀……太美了！在汉景帝三万多个后宫佳丽里，他的心只属于程姬。

侍卫提前来到程姬后宫，通报今晚景帝将宠幸来此。程姬闻听，惊出一身冷汗。为何啊？每个皇妃都期待皇帝宠幸啊，程姬你这么惊慌为什么啊？原来，女人每个月都有那么几天不方便，今天事不凑巧啊！

程姬左右为难，心想皇帝来了得知实情一定很失望，会觉得晦气，必定扫兴离去，说不定会改去别的皇妃后宫。让别人占到这个好处，程姬实在心里不甘。三万女性共侍一夫，每个人的心思都是自私的，都期望皇夫只属于自己。

“不行，我必须想办法。”程姬灵机一动，看着身边水灵灵的丫鬟，何不让她今晚顶替自己，以解燃眉之急呢。再说了景帝每次来都喝得醉醺醺，也分不出个子丑寅卯。主意已定，一阵忙碌，丫鬟沐浴更衣，早早躺在程姬凤床上，等待酩酊大醉的景帝到来。

那一夜，汉景帝酣畅淋漓。我猜想程姬之所以敢如此胆大妄为，一是有皇帝宠爱的底气，二是平时也看出来汉景帝对这个具备几分姿色的丫鬟有些兴趣。要不然，欺君之罪，是要杀头的。

此事过了本以为神不知鬼不觉风平浪静。让所有人都没想到的是，几个月后，丫鬟肚子越来越大，竟然怀孕了，怀上了汉景帝的龙种。这个被迫出生的孩子就是定王刘发。丫鬟从此变成了景帝的妃子唐妃。

都说“母凭子贵”，宫廷里也讲究“子凭母贵”。母亲是个丫鬟出身，在龙子龙孙成群的宫廷里，不被歧视是不可能的。刘发从小就没人正眼瞧他，汉景帝更不待见他，提起他总觉得脸上挂不住。

等到刘发年岁大点，汉景帝就迫不及待把他打发走了。去的地方，在当时是个湿热蛮荒之地长沙，离都城长安一千多公里，几年都回不来一趟。

让人没想到的是，刘发虽然饱受虐待，可是个不折不扣的大孝子。运回故乡的泥土，筑高台，望北方，思念母亲唐妃。这个叫定王台的长沙古迹，一度成为历朝历代文人墨客必去打卡的地方。后来这里变成书市，许多伟人经常在这里留下他们读书求索的身影。许多古代名篇留下了定王台的痕迹。

朱熹写有《定王台》诗：

寂寞番君后，光华帝子来。

千年馀故国，万事衹空台。

日月东西见，湖山表里开。

从知爽鸠乐，莫作雍门哀。

我始终觉得定王台有股吸引人的气场。酷寒冬夜，我怎么会走到了定王台？我看见了前面高楼有“定王台”三个字，才让我想起三十年前的景象。可是，此地早已改头换面，完全找不到记忆里的影子。耳畔只依稀还能听见青春年少时的欢声笑语，以及那个少年肆意挥洒的青春。

故地重游，最伤感的不是物是人非，而是人还是那个人，可是心境彻底变了。幸运的是，定王台流传千年的文化气场还在，这个气场洋溢着人间最美的人伦温情。我站在古定王台，仿佛在读一本书，一本永恒而可亲近的宝书。读着读着，我远去的火热的心被拉了回来，一股强劲的流传许久的道德力量传遍全身。

老街下的秘密

每一条老街都藏着秘密。有些是听得到的秘密，深藏于老人的口中；有些是看得见的秘密，隐藏在建筑与路牌里；有些是猜得到的秘密，埋藏在老街下的夯土里。

来到长沙小住，某天我去城中心南门口寻觅美食，看到老街上机声隆隆，挖土机正在刨去路面的水泥，下面一层层的黑土重见天日。我立刻意识到，捡古董的好机会到了。

我顺着被挖开的路面，顶着火辣辣的太阳，满头大汗小碎步往前挪动，低头仔细在黑土里搜索着。每当看到土里露出瓷片，我用手连扣带撬，让这些沉睡几百年的宝贝重见天日。

古街两边那些开服装店的细妹子，纷纷探出头，好奇地看着这个大叔，心想这么热的天，不知道这人在干什么？“搞莫子啰？”总算有个妹子开口问我。我朝她笑笑：“捡宝贝。”

“这是什么宝贝啰。”妹子们脸上闪过一丝尴尬的表情，转身重重地把店门关上，免得屋里的冷气跑了。我心里偷着乐，幸亏没人把这些碎瓷片当宝贝，要不也轮不到我来捡了。她们可能想不到，如果运气好，捡到一块特别的瓷片，卖衣服一个月也挣不到这么多钱。当然，我捡瓷片完全不是为了值钱。

大明宣德年制，大清嘉庆年制，当我从土里捡起这些瓷片，看到这几个字时，一股清流在身体内环绕，那是与远古交流的激荡。

长沙城中心方圆十里，那些古老的街道名字，端礼门、走马楼、司门口、三王街、东牌楼、西牌楼……每一条老街地下都藏着宝贝。这块土地从秦开始设郡治，汉代开始就是王城。

我不奢求能捡到汉代古物，但我特别想捡到大名鼎鼎的明吉王“典膳所”的青瓷。这位帅气的国王生前极尽奢华，大兴土木建造了广阔宏大的王宫，他的厨房典膳所占地面积巨大有几百人服侍。吉王不但自己帅气，他的女儿凤凰姑娘更是绝色佳人。

带着无限期待，把捡到的古瓷赶紧拿回家清洗，希望有惊喜地发现。水波荡漾开来，随着黑泥褪去，古瓷闪耀出迷人的光彩。

眼前这块瓷片，我不知道它整体造型的样子，但我欣赏这小小的局部有限的画面时，不妨碍我浮想联翩，一整只布局完美构图精致的器物活现在我的脑海里。

我从清洗的池子里捞起这块瓷片，心里顿时一惊，一只大眼睛目光炯炯有神，我们互相对视，仿佛是遇到了久别重逢的朋友，眼睛里充满了我们过往的故事。

在日本的馆藏文物中，这只完整的无比珍贵的元青花，似乎能找到这只大眼睛的出处。元青花瓷器存世极少，就算能偶然碰到，那价格也是以几亿计，我等百姓只能看看。

这只碗足残片，尽显中华文明的简约写意风格。碗底咔咔两笔，没有任何多余，可是这种气韵生动十足，透射出的古朴风雅，令人心醉。

过去，人们都喜欢在私人物品上刻上专属标记，餐具也不例外。这只碗底残片，上面刻下了一个大大的汉字，好似繁体字“宝”。让人捧腹的是，碗底还刻有一个小圆圈，估计是当时把这个圈刻小了，里面没法再刻下“宝”。

我很想在残片上看到“典膳所”“吉王”“凤凰”等印记。假如能有此幸运，那是何等的幸福。睹物思人，远古的缘分就此联系上了。

古瓷片一旦重见天日，他们就复活了。拥有他们的主人，有责任善待他们。许多爱瓷片的人，把他们重新装扮，让他们的光芒照耀更多人。

我准备把昨天捡到的这些千年碎片，让它们复活，让它们挂入高堂。

古瓷是一本书，可以让你窥探太多远古的秘密。看多了真迹瓷片，下次谁要是拿出一件赝品，我会暗自窃喜识破猫腻，当场把骗子拉到墙角，贴着他的耳朵告诉他：“你这个是新的，赶紧拿回去自己玩吧。”

经常听到喜欢收藏的人说，每当夜深人静，品赏自己的心爱之物，会把什么都放下的。物欲、功利、烦恼、得失……一切影响快乐的事，俱可忘矣！

朝阳门往北

阳光下树的影子摇来摇去，我坐在桥边的长凳上，任由斑斓飘落的树叶把我抚摸。《北京的秋》那篇文章好像读过，却丝毫记不起任何一段文字，反正那意境是有的，这就足够了。

有关北京的歌，听过的每一首有秋或冬。极少有写北京的春或夏的吧。北京只属于浓厚鲜明色彩的，纯粹得如故宫那道朱红木门。

毫不夸张地说，我来北京的次数比回故乡的次数还多。

我春天来过，夏天来过，秋天来过，冬天也来过。我喜欢北京的四季，特别是秋和冬。一到秋天，北京就变成北平了。一到冬天，北平就变成燕京了。

爱上一个地方，要说纯粹是为了景，那是假的，或者是经不起时间考验的。同一个地方，去八百遍不厌倦，怎么都说不过去的。一定有什么特别记忆，要不干嘛老去啊？在一座美好的城市里，有了美好的故事，就会美好一辈子。

“你为什么喜欢北京？”有人问我。“我喜欢北京的苍茫，北方冬天的落日，我看了会流眼泪。”我不知道是否有人有同样的感受，但我相信有人会懂我。有人懂我，我就很满足了。

我是懂北京的，我和北京的交流没有障碍。我能读懂北京植物的气质，我能理解北京阳光的气场，我能品味北京气候的细微变化……我还能看见北京人生命的华彩。

“北京人不会活给别人看，知道自己要什么，他们有思想，只为自己活。”当一个华裔青年结结巴巴用中文表述这段话时，我是惊讶的，他看得很深刻。

就我认识的几个北京人，他们多数活得坦荡真诚。就如北京的天气，干爽通透，极少腻腻歪歪。因为喜欢，可以住到遥远的非洲海岛；因为喜欢，可以远离都市去清冷的门头沟开荒种地；因为喜欢，可以搭个帐篷在荒凉野长城仰望星星……

我们这片土地上的人们，对房车的认识还很初级，甚至还不太接受，觉得日子怎么能那样过呢？北京人爱房车，就跟爱蓝天一样自然。我认为，一个城市对房车的热衷，能代表这里的人们酷爱自由自在的生活方式。

每个人的心里都有一首循环播放的歌。别人是因为喜欢音乐而听音乐，而我却是因为喜欢歌词而喜欢歌：当我走过这里的每一条街道，我的心似乎从来都不能平静……欢笑、灿烂、迷茫、哭泣、祈祷……快乐也忧愁，世间无尽头。

每个人心里都藏着一首歌里唱着的人，这个人循环播放在你的人生故事里；每个人心里都有着触景生情的音符，一到合适的时候就纵情四溢涌动起来。

坐在桥边的长椅上，北京秋天的风温柔清新。干燥的北京有很多桥。翻开一张北京地图，就能看到许多带桥的地名儿。记得有首唱北京桥的歌：北京的桥，多得数也数不过来。

“请问，东大桥怎么走？”一张灿烂的笑脸迎上来。“朝阳门往东，一站就到了。”她的眼睛，闪亮如灯火，不觉被迷惑……

春夏秋冬，北京的故事天天都在上演！

戏说四川盆地

四川盆地就是一个“大火锅,”只是这盆火锅冷却了，火锅汤逐渐蒸发殆尽。

大约 8000 万年前的某天下午，天空泛着紫红色的光，大地开始微微抖动。生活在透明地球上的单细胞生物明显感到今天温度变高，统治透明地球的火星移民“麒麟”明显嗅到了什么不祥之兆，他们频频通过脑电波向群体发出警报。

我们俯瞰整个四川盆地，它太像一个火锅盆了。四周高高隆起的山峰与高原，一个圆形盆地赫然出现在这里，与四周地形相比显得极为不协调。

这里为什么会出现这么一个突兀的圈圈？像是我们在平缓的泥巴地里狠狠地砸了一拳，咂得泥巴中心塌陷四周隆起。

“麒麟”嗅到的不祥之兆越来越明显，天空中一个无比耀眼的火球逐渐变大，火球正以每秒十万公里的速度俯冲下来。麒麟感到空气越来越炽热，大地抖动的声音越来越响，身边的植物仿佛被什么无形的气压挤得左摇右摆……

我十几岁看地图就看出了四川盆地的异样感觉。地理老师死活说四川盆地是自然形成的。凭我少年智商，我觉得不可能，这个坑一定是外力造成的。

地理老师让我拿出外力作用的证据，我拿不出证据，我凭的是直觉，你们科学家说的那套理论同样没有确凿的证据，更没有证据证明我的猜想是错的。这么圆的一个巨坑你们说是自然形成的，这个自然太魔幻了吧！

看看南非的这个坑，是不是和四川盆地极为相似？人家就大大方方地承认这是天外陨石砸出来的。

火球已经大到遮蔽了天空的一切，炽热的气体滚滚而来，透明的地球已经变成了紫红色，海洋湖泊已经沸腾，绝大多数的生物被高温烤焦，唯独有厚厚鳞片抗高温能力极强的火星移居者麒麟在大地上垂死挣扎。

我坐大巴车行四川盆地，道路两边没有任何岩石质地的山峰，只有平缓的丘陵坡地上覆盖着紫红色的泥土和沙砾，这是典型的高温炙烤烧焦后的土壤颜色，盆地里没有岩石山脉也成了某种证据。

路过一个叫汪洋的地方，我很惊讶，内陆的四川为什么有这样一个叫汪洋的地名？查阅相关资料，显示四川盆地过去是一个大湖泊，后来逐渐干涸成了盆地。这才解开了汪洋地名之谜。

这么大一个内陆湖泊的水到底是怎么来的？靠四周的河流积聚显然不可能的，就如有种说法新疆罗布泊的湖水是靠塔里木河积聚一样不可信，因为这点水量，根本不可能在这么大面积的盆地形成湖泊。只有一种可能就是突然而至的巨大外来水源，让盆地顿时水漫金山。

天上的火球越来越大，空气里的温度已超出了生物的忍耐极限。麒麟使出最后的气力，朝着心爱的人使劲喊出了一句“来生还爱你”，从天而降的巨大火焰折射在麒麟的眼球上，他们努力睁大眼睛再最后一次看一眼这个美丽的世界，视线里最后一刻定格在了火球砸向地面的那一刻。

大地剧烈颤抖，透明地球发生了一百二十级地震，一颗巨大的天外来物砸进了地球深部，极度的高温瞬间融化了一切，各种金属物质迅速融合，透明球体岩浆翻滚变得浑浊不堪，撞击中心山崩地裂形成了一个巨大的圆形盆地。

盆地一千年里就如一个沸腾的火锅，烟雾缭绕蒸腾了很久很久……

一万年后，盆地冷却下来，冰和岩石混合的陨石带来了大量冷却水源，最终让盆地汪洋一片。

几万年以后，盆地中的湖泊水逐步干涸，湖底的紫红色泥浆开始形成丘陵陆地。可是砸进地壳的巨大陨石还不稳定，巨大的重量压迫地幔中的滚烫熔岩，熔岩在强力挤压下通过缝隙喷出了地面，最终形成了盆地里唯一的山峰峨眉山。

除了峨眉山，盆地里没有一个山脉，这是极有力的陨石坑证据。另一个有力证据就是在盆地的西北汶川一带，东南的乐山宜宾附近，形成了几条巨大的断裂带，这都是因为砸进地壳的巨型陨石还在沉降，从而导致四川地质极不稳定。川府之国近一千年来，地震灾害持续频发。

民间有种说法，说老祖宗当年在选择成都等大城市城址的时候，不偏不倚选择在一块稳定的大石头上建城，确保在四周地震频发的情况下成都平原平稳安详。

那么这块大石头老祖宗是通过什么方式探测到的？这是否就是砸进地底的那块巨大陨石？

我的想象力无法还原8000万年那次惊天一撞的场面，只知道四川这个盆地来得如此的不同寻常。而这只是这个星球无数惨烈撞击的一次。

上一次陨石撞击让新疆形成了巨大的塔里木盆地，撞击后产生的漫天黄土持续飘落到了陕北大地，在陕西山西形成了厚达几十米的黄土高坡，巨大陨石斜角擦地形成了甘肃的狭长的河西走廊。

又过了2000万年，地球再次遭遇天外来客的撞击，一颗冰质彗星直角撞进了东海之滨陆地，形成了一个巨大的圆形湖泊，这个湖泊就是如今江苏的太湖。

这次惊天一撞，让地球气候突变，天空几千年持续弥漫着尘埃，大地持久昏天黑地日月无光，地球进入极寒的冰河期，地球统治者恐龙灭亡，大量的森林植被被高温尘土覆盖，形成了今天我们赖以生存的煤炭和石油天然气资源……

心里有美，住哪都是天堂

我有句口头禅：这个地方适合住住。我走到哪都想留下来住住，内蒙古人说我才是游牧民族。

随遇而安，到任何地方，眼睛搜寻那些光亮的地方，用心去感受当地的美好，不喜欢挑三拣四纠结于那些灰暗面。偶尔遇到与内心观念激烈冲突的事情，最多嬉笑怒骂一小会儿就过去了。

出门在外，要的就是确保平安与快乐。可是，我们往往容易被内心的一些惯性思维所左右，而丢掉了最重要的东西。

挑剔是快乐最大的杀手。“哎哟，怎么这个样子的啦！”“妈耶，这地方怎么都是这种人哦。”“啧啧啧，这种地方嘛怎么能住的啦？”“啧啧啧，这种乡下地方比我们大都市差远了。”……眼里都是偏见和狭隘，心里怎会舒畅？所以，满大街愁眉苦脸的人。

冷漠是快乐第二大杀手。清晨，一轮旭日初升，眼前云海翻滚，人间宛若仙境，有的人激动不已欢呼雀跃，尽情感受大自然的神奇与美妙。而身边有个阴沉大叔背着双手，一脸冷漠，淡淡地看着前方，冷不丁来一句：“一般嘛，这有什么好激动的啦？”呃！大家顿时语塞。

自负是快乐的第三大杀手。有句老话叫“谁不说俺家乡好。”热爱家乡是人之常情，可是处处拿自己家乡来和别的地方比较优劣高低，就显得格外自负了。俗话说：楼外有楼，山外有山。每个地方都有他值得骄傲的亮点，每个人都有他值得骄傲的独特优点，每个族群都有他们值得欣赏的人文与生活……失去客观心态，一定失去别人的尊敬和信任。

有时候跟团出游，团里几十号人，尽管初次见面互相不太了解，但是过不了多长时间，每个人的内心状态一览无遗。大多数乐天派游客，探访古迹，拥抱自然，感叹奇迹，热情洋溢，到处留下她们的欢歌笑语。他们的欢乐开怀，让游历充满了鲜活色彩。但也总有少数游客，游兴不高，趣味索然，一会儿怕累，一会儿怕晒，一会儿怕挤，一会怕脏……留下一路的埋怨。

有位长辈阿姨，无论走到哪里，她的口头禅永远是：太好了！真的很好！每次出游回来，她都会兴奋地跟人分享那些旅途的快乐，语音里可以讲上半个小时，仿佛那一路的风景和快乐属于每一个认识她的亲朋好友。用喜悦去感染别人，这是人间最美的礼物！

我在很多大小城市生活过，我游历了很多地方，每每回忆起过去的经历，脑子里留下的全是美好。我忘不了大理洱海边梨花树下那一场午觉；我忘不了泸沽湖边简易客栈那一盆红红的炉火；我忘不了自驾西行那一路的坎坷；我忘不了漫长人生路陪伴我的那些好歌；我忘不了东西南北遇见的微笑和感动……

我常常独自去曾经生活过的城市小住，有些故地重游几乎每年一次。为什么这么留恋故地？因为心里装着难忘的美好。四海为家，不是一件容易的事，最需要的是一颗接纳随和的心。心里有美，住哪都是天堂！

美好，无处不在，需要的是一颗找寻美好的心。随和，无处不在，这才是一个人变得快乐最重要的品质。

旅行家，美食家

当我第一次听到“旅行家”这个称谓时，我笑了，心想这个职业真不错。当我第一次听说竟然还有“美食家”的叫法，天呐我就激动得不得了，我太羡慕这个职业了。

旅行家到处玩，美食家到处大快朵颐，天底下没有再比这个更“色意”的好事了吧！

可是仔细一想“不对啊，到处吃吃喝喝玩玩谁买单啊？难道天底下真有免费的午餐？”

事情不会这么简单，都修炼成家了，应该不容易，自己没有殷实的家底儿，如何去锻造成“家”？吃吃喝喝玩玩最需要花银子啊！

带着好奇心，查了查“旅行家”“美食家”到底是怎么做到的？到底怎样的状态才能称之为旅游美食大家？

旅行家是指：旅行家是以去各地旅行为职业，通过旅行获得劳动报酬与旅费的旅行者，职业旅行者的行为大多是完成自己的梦想或者为宣扬某种生活态度，而不是单纯地进行旅游休闲活动。通过旅行发现自我，认识世界，感受世间百态，对自然充满热爱，在旅行中思考自己的生活和理想意义的人，通过旅行进而提高自我，怡情养性，增加见闻 ， 有职业和非职业之分。

美食家：美食家是指善于品评食物，善于对美食从色、香、味、形方面提出专业独到的见解，并善于把美食推荐给吃货们的人。与以饱口腹是务的饕餮者和旨在阐释食道、诠说食论的食学家不同，美食家是以快乐的人生态度对食品进行深入艺术赏析、美学品味，并从事理想探究的人。

啧啧啧！原来要做个旅行家和美食家并不是那么简单。这也是一门学问，有自己独到的见解，必须深刻理解其中的道理，并把其中蕴含的哲学、美学和人生态度传播给更多人。

总之，美食家、旅行家是有门槛的。会玩的没有思想只能称为“游客”。会吃的没有见解只能称为“吃货”。

难怪马可波罗能称为旅行家，人家不仅仅足迹遍布欧亚大陆，人家还把各地的民风民俗风情文化写成了游记，让全世界的人都了解陌生世界本来的样子。

难怪徐霞客能称之为旅行家，他老人家写的《徐霞客游记》等十多部游记作品，里面涵盖的内容五花八门，是一部部有独到见解的百科全书。

我也酷爱旅行游历。当我看到徐霞客的名字叫“弘祖”的时候我惊讶不已，我竟然和大旅行家的名字相同，我曾经在老家的族谱里看见了我的名字也叫“宏祖”。只可惜我还是个“游客”，远没有达到旅行家的境界，尽管我也写过一部游记随笔《时间嫁给了远方》。

我因为工作、喜好去过很多地方，游历带给了我很多珍贵的东西。个人认为，最棒的游历是带着思想去旅行，没有思想的旅行缺乏意义。旅行家是思想的发现和传播者。

齐白石大师一辈子酷爱行走，他最长的一段游历历时八年。在那个通讯不发达的时代，长久不见归家，家里人以为齐白石已经死了。白石老人把他丰富的游历思想带进了他的画里。天人合一、崇尚自然、质朴天真是齐白石画作的精髓。

康有为酷爱旅行，他在流亡海外期间，游历了几十个国家。尽管颠沛流离，他也不忘把游历的见识通过著书立说传播给祖国和人民。“科技乃发展第一要务”的思想直到今天仍然先进。

中华美食蕴含的文化内涵同样丰富。绵长的中国历史，出现过的知名美食家，多如过江之鲫，数不胜数。他们同样留下了许多宝贵的见解。

春秋时期的孔子喜爱美食。孔子的头衔多到爆。教育家、思想家、哲学家、社会活动家……长长的一串，我认为，还应该再加上一个：美食家。

记得孔子虽然说过“君子食无求饱，居无求安”之类的大话，但实际上，他却是一个十分讲究饮食的人。他的讲究涉及礼仪、卫生、口味等各个方面，《论语·乡党》有一节文字可以视为孔子的饮食文化思想纲要：食不厌精，脍不厌细。

历史名人中，苏东坡喜爱美食绝对算登峰造极，他写过很多与美食有关的佳文比如《菜羹赋》《猪肉颂》《豆粥》《鲸鱼行》以及著名的《老饕赋》。苏东坡以“老饕”自嘲，并幽默戏谑地“宣称”：“盖聚物之夭美，以养吾之老饕。”意思是全天下的美味呀，你们的存在都是为了供养我这个老馋鬼的啊！

印象里单是以苏轼名字命名的菜肴就极其丰富多彩。杭州那些老菜馆里就必有名菜一道“东坡肉”。我曾在四川眉山吃过“东坡肘子”，肥而不腻，入口即化，实为美食中不可不尝的佳肴。有名的还有“东坡鱼”“东坡豆腐”“东坡玉糁羹”“东坡芽脍”“东坡饼”“东坡酥”等等。虽然有些可能是后人牵强附会加上“东坡”二字但也说明了苏东坡在美食界的影响之巨。

名人中喜爱美食的人物太多了。杜甫在诗歌里，从宫廷大餐到农家小菜都有生动描写。李渔的美食家修养也是极致的。他从蔬菜、米面、禽类、鱼虾，美食所需各种材料的制作、食用，他都研究到了，而且还融入了自己的美食文化独到见解。袁枚 33 岁辞官后，他在南京购置“随园”，在诗酒悠闲中度过一生。

我酷爱美食，每次旅行总是把美食列为重要内容一样不可辜负。一到旅行目的地立马打一出租，搜索网红打卡美食店铺“师傅，拉我去某某美食街。”

民以食为天，尝遍天下饕餮盛宴，畅享各地特色佳肴，品味世界美食文化，美哉美哉!

人一旦有名被称之为“旅行家”“美食家”那是锦上添花实至名归，普通人之间如果谁称对方为旅行家或美食家多数有调侃戏谑的成分，大可一笑了之。

可是我们自己内心可以洒脱自在，用美食家、旅行家的心态和视角去生活。追求幸福永远是人生的主题，美食和旅行充满了快乐因子。热爱生活的人像一道闪亮特别的光，从不同角度照亮这个世界。

羚羊谷

第三次踏上美利坚合众国的土地，就是为了看羚羊谷。

某次无意中在地理杂志上看到了一组奇异的风景照片，一下把我给震撼得目瞪口呆。那神奇的地貌，绚丽的色彩，无法言喻的自然之韵律，我情不自禁地惊叹大自然的鬼斧神工。

我对大自然的热爱胜过一切纸醉金迷。自然之美，是老天的神奇之手给人间锻造的完美诠释，它们毫无保留地把绝美分享给每一个懂它的人。

看到羚羊谷图片的瞬间，我似乎找到知音，互相之间有一股神奇的气场牵引着我，不去拥抱这个“老朋友”，我就无法忍受这种引力场持续带来的拖拽煎熬。

我十分理解伟大画家梵高看到金色田野和向日葵花海时的激动，那种奔向自然大美的情不自禁，不仅仅属于敏锐画家喷薄而出的创作冲动，也属于每一个热爱自然的普通凡人。

我承认我是一个容易激动的人，我无数次被自然之美感动得泪流满面。当我在夕阳下翻过山口看到泸沽湖的那一刻，当我站立拉萨街头看到夜晚辉煌布达拉宫的那一刻，当我从睡梦中醒来看到车窗外雅鲁藏布大峡谷的那一刻……我的眼泪禁不住流了下来，我真的无数次被大自然美哭了!

去羚羊谷的早晨，我们从拉斯维加斯出发向东，迎着漫天的霞光，我一脸金色趴在窗口望着远方，呼吸着美国西部沙漠戈壁滩特有的阳光味道的空气，内心满是幸福的憧憬飞向了那个日夜思念的地方。

美国西部的地貌就是火星的翻版，红色褐色黄色裸露的山峦和大地，太不像地球的风格。望着窗外这片陌生的世界，脑海里满是降落到外星球的幻觉。

荒漠公路两边人烟稀少，偶尔在一片充满绿植的山窝里，会突兀地呈现几栋孤独的民房，带给我一种在外星球突遇人类定居者的欣喜感。

公路上常常迎面开来几辆货运“猪头车”，硕大的车头，刚硬的散热网格，粗大的钢制排气管，像龇着獠牙的野猪一样威风八面轰隆而来。两车交会，“猪头车”毫无减速的意思，只见驾驶室里一个满脸胡须的黑胖子，穿着汗衫露出臂膀铁疙瘩般的肌肉，手臂上各种青龙白虎纹身，龇着一张大嘴冲着我们狂吼一声呼啸而过……

这就是美国，这就是美国的西部。我们建议司机来点美国西部牛仔风格的音乐，有音乐渲染，到此一游的感触才会更加立体而深刻。司机会心一笑，点击 CD 触键，节奏随即响起，《噢，苏珊娜》带动着一车人扭动狂欢向前。

羚羊谷埋藏在一片毫不起眼的红色丘陵之下。站在地表，你完全想象不到眼前的地表下会有什么特别之处。等到我们慢慢走近，才看见一条裂缝若隐若现蜿蜒在山丘之间。

我看见有几个美国人正走向裂缝，大人小孩往下探索着，身体一点点消失在地表下，好像被什么怪兽吞噬了一般。在没有发现这条地缝的过去，会不会有冒失鬼或野生动物不小心掉进这突然而至的深沟?

进入裂缝的过程很刺激，伴随一阵短暂的局促感后，渐渐适应了地缝里的环境。男人都有一股子征服世界的欲望，越是新奇的地方越是感到刺激。我七岁就曾经进入上千米的矿洞捡拾枕木，羚羊谷地缝的深度让我失望，比我想象中的要浅。地缝底部有一条羊肠小道，在一群娇惯的人眼里崎岖不堪，在我眼里那简直不值一提。在一片撒娇声里我健步如飞，去找到最佳的角度欣赏这自然美景。

阳光一点点地深入地缝，光影交错逐渐呈现出神奇的效果。本来一片灰暗的地缝坑壁，竟然在光照下变得一片金黄，随着坑壁的起伏跌宕，眼前好似舞动着无数颜色艳丽的绸缎在空中飞舞。这种飞舞充满了十足的韵律感，仿佛是一个巨大的舞台在肆意表演着光影创意。人们惊叫连连，赞叹声、快门声响成一片。

我似乎还隐约听到了音乐的旋律，这种天籁之音随着阳光的投射而逐渐在地缝里气贯长虹。我好几次差点被什么绊倒，因为我已经彻底无暇顾及地面，我的头始终昂扬向上，眼睛紧盯着那一步一景的神奇光影变化。

我也无暇顾及给自己留影，因为光影的变化太快了，我生怕错过那些绝美的瞬间。在自然之大美面前，人类立在那里照相简直多余，甚至破坏了本该有的纯粹。我很怕这时候被人叫住"帮忙拍张照吧"，这时候的搔首弄姿就是浪费时间。

大叔级人士总喜欢对一切新鲜事物探个究竟。绝美景色带来的激动心情逐渐归于平静，脑子里开始思考这个奇特地貌是如何形成的。一位导游模样的人告诉我：这是雨水冲刷出来的。我将信将疑，雨水竟然有这么大的作用力？为什么只有这里能冲刷出一条地缝？这么干旱的地方哪来的持续作用力的雨水？

羚羊谷彩穴是绝无仅有的，它的独特让地球变得更可爱。一个丰富多彩的星球，才能满足一群不断探索者的欲望。感谢这些惊艳的自然作品，你们的存在，让我们的内心变得更加踏实而满足。

羚羊谷之行，短短一个小时，仿佛经历了千万年。思绪穿越时空隧道来回穿梭了千万年。飞越千山万水而来，无论你带着什么心境来到这里，亲历自然之美的神奇之处在于：它们用最亮的颜色，在你多彩的人生斑斓里，画上一笔最绚丽最动人的色彩。

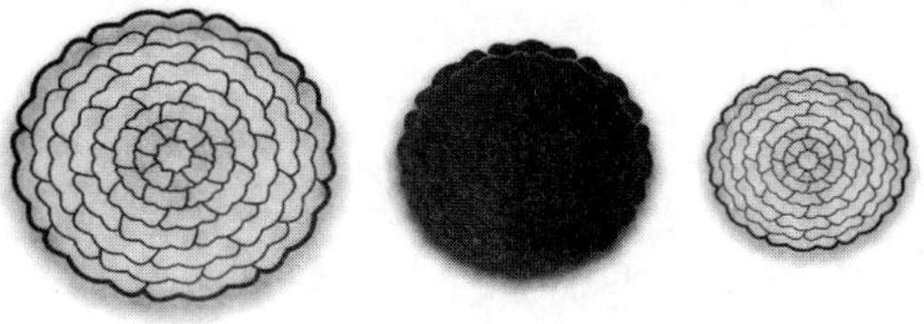

小盘子

能量的秘密

大自然是由能量组成的，我们身边充满着能量。动物、植物、土壤、岩石、光照、气体……自然界的一切都有他们特有的能量。

火，是我们平时最常见的能量。当你吹着口哨打开车门，发动汽车飞驰在宽阔的马路上，能量在汽车内燃机里爆发，由液体能量转化为燃烧能量，再由火力能量转化为机械能量……

太阳，更是大自然万物的能量来源。光合作用带给地球植物茂盛，蓝藻甚至靠直接“吃”阳光生存。人类通过光伏吸收太阳能量来发电，这就是清洁干净的太阳能。

“冬吃羊肉赛人参，春夏秋食亦强身”不同的食物蕴藏不同的能量，人体通过食物的摄取吸收天地之精华，因此食补养生是吸收了自然界的正能量。

正能量是人们健康的保证。食物摄取是吸取能量的重要一环。绿色食品、干净水源和洁净空气就能给人带来正能量。

红光满面，声如洪钟，精神矍铄……这些都是肌体健康的外在表现。

就如一台汽车发动机，懂行的人一听发动机声音，就知道机器保养得好不好，是否平时摄取了优质的汽油能量。

食物的能量来自大地的滋养，优质的土壤才能孕育出健康的生命。一方水土养一方人，生活在不同的环境，生命的内涵和结果截然不同，因为摄取的能量不同而导致肌体本质上的差异。

考古学家为了鉴定考古发现的人体骨骼来自什么地区，通过测量仪器就能分析出骨骼中的成分，就知道他们生前喝过哪个地区的水吃过什么土壤种出的食物，从而知道他是来自哪个地区的人。

生活在有些地区容易得结石，生活在有些地区容易得四环素牙，生活在有些地区容易患风湿病高发……神奇的大地影响着地表生活着的一切，不同的大地给予的能量千差万别，优质的自然环境才能给予正能量。

风水师看风水，看的就是大地环境的能量场，以及未来这个能量场作用于人体的一切结果。

良好的土壤和环境当然有利于万物生长，反之不利的因素当然会导致不好的结果。身体健康是一切活动的前提，没有正能量的保证，怎么会有良好的身体状态去争取人生发展目标?

能量是守恒的。什么意思呢?就是能量只会在物体之间转化，能量本身不会消失殆尽。

人吃了米饭，大米的能量转化为人体的脂肪和肌肉，肌肉进而又转化为人体活动的力量，等到人体力气用完，并非能量消失殆尽了，而是转化为另一种能量形式了，还存在于宇宙空间里。

知道了能量守恒定律，我们就知道如何来守住自身蕴含的能量。尽量保持住能量不要流失体外。从而形成健康的肌体系统。

我曾写过一篇《富不住大屋》的文章，在睡眠状态下，为了保证身体能量不流失，必须营造良好的卧室环境，其中最重要的就是卧室的面积不宜太大，因为空旷的不稳定空间很容易导致人体能量流失。古代帝王的宫殿再大，卧室都很小，他们懂得人体能量的奥秘。

能量的消耗，除了以上说的人体活动和环境因素，还有一个重要的地方容易导致人体能量流失，甚至是正能量转化为可怕的负能量。心理活动和情绪波动，其实也在进行能量的消耗。

有科学家做过一个实验，人体在发怒或悲伤的时候，或者压力剧增的时候，肌体系统会发生巨大的变化，甚至会产生某些细胞的扭曲和变异。因此，长期情绪波动长期压力过大容易导致肌体出现病理反应。

这些病理变化分肉体的和精神的。比如心脏病属于肉体病变，抑郁症属于精神出现病变。追根溯源，许多病变都和内外因素导致的能量消耗有关。

民间传说：千年王八万年龟。乌龟能长久的生存，和能量平衡有关。乌龟喜好静止不动，据说有的压在古建筑石板底下几千年的乌龟竟然还活着，相信这和乌龟顺应了自然界的能量规律有关。

我前段时间去了一趟四川眉山，在和当地人的闲聊中，得知了眉山是长寿之乡。这里民风悠闲安静，知足常乐喝茶聊天，这里的百岁老人很多，历史上眉山的彭祖竟然活了 767 岁（还有说八百余岁）。

传说彭祖尽管这么大年纪，可他一点都不显衰老。他自幼喜好恬静，不追求名誉，不汲汲于世事，不刻意打扮自己，终日沉默寡语到处游历，而且喜欢徒步从不坐马车。出家人长寿者比比皆是，他们的能量汲取大多来自自然界的绿色纯净之物，而且念经打坐保持内心平静，懂得天地万物的规律，无欲无求、与人为善，确保肌体能量平衡。

我们观察生活里，有些出言不逊或者生活状态阴郁者，多数与内心状态出现病变有关。看不得别人好，恶语相向，心术不正、嫉妒怨恨……其实时时刻刻都在消耗着体内的正能量。

善与恶，正与邪，天道万物自有因果。生命奥秘蕴藏于日常细微之中。一波三折不如静水深流。弃恶从善就会能量爆棚……

树木吸收了大阳正能量带来了树荫；汽车吸收了石油正能量马达强劲；人吸收了宇宙正能量志向平和而高远。

2020 年，让我们依然守住正能量！

嘴硬

想起小时候唯一一次挨揍，分析缘由，还是嘴硬。“老子不怕你，你再动我一下试试。”这是常听到的虚张声势的嘴硬。

最终的结果必定被强者“啪啪”几耳光打得眼冒金星。明明打不过人家，以为嘴硬就能威胁别人，其本质还是死要面子，其实是心虚的表现。

我小时候不知哪来的一股子犟脾气，就喜欢和班里那个大个子较劲。放学路上几句话不合，就动起手来。我比他矮一大截，身板也没他强壮，动手之前心里完全没底，知道自己肯定要吃亏的。

结果可想而知，每次我都被这个“大力神”毫无悬念地摔倒在地。我输了可我心里不服输，我愤恨地从地上爬起来，嘴里必定要冒出那句重复了 N 遍的硬话。

实力不平衡，嘴硬最终必定被人打得满地找牙。我身上最终留下童年嘴硬导致的伤痕疤印。成年后看到这些印记，会觉得又好气又好笑。

邻居也有个嘴硬的孩子，被人揍完了，从地上爬起来还继续嘴硬，“我今天没吃饱饭，哪天吃饱了再和你打。”引得围观者一阵哄笑。“今天吃饱了没?”最终这个笑话被人记住了好多年，时不时拿出来取笑调侃他。

孩子嘴硬闹不出什么大动静，成年人再冲动嘴硬那带来的后果就不堪设想了。

某国企俱乐部周末演戏，一群强者为了抢夺靠前的座位欺负弱者，弱者被当众羞辱了当然嘴硬，结果被人群殴之后从地上愤恨爬起来，回家拿了一把斧头，悄悄溜进剧院从后面偷袭了强者的脑袋……结果可想而知，两败俱伤强者被偷袭而亡弱者被判了死刑。

多数时候，成年人一般不太会嘴硬，遇事会冷静拿出巧妙地化解冲突的办法，即保全了面子，又不至于矛盾激化，不能将自己和妻儿老小置于被动局面。退一步海阔天空嘛！

假如对方实在欺人太甚躲不过，孙子兵法曰：上兵伐谋，其次伐交，其次伐兵，其下攻城。可见“伐兵”“攻城”这些嘴硬进而莽撞动手都是下策。

上兵伐谋，攻心为上，不要多啰唆，慢慢等待时机，要以极大的勇气和耐力，用谋略和奇袭一招制敌于死地。国与国之间的博弈又何尝不是如此呢！

不听一面之词

我相信每个人都受过一面之词的伤害，或者多数人都曾经不客观地看待评价过别人。

轻信一面之词，轻者误会了别人，重者可能让受害者承受流言蜚语骚扰，甚至误大事伤人命。

汉武帝轻信手下宠臣蛊惑，不去详细了解另一方太子造反的真相，草率发动军队诛杀了被别人陷害的太子。明崇祯皇帝轻信敌方撒播的谣言，竟然发动不明就里的百姓活活咬死了抗清忠臣袁崇焕，加速了明朝的灭亡。

现实生活中，偏听偏信的例子比比皆是。作为单位的领导，必须具备的基本智慧就是绝对不能听一面之词。尽管每个人都有自己的喜好，都有自己宠信的人，但是你手握权力，必须明辨是非，必须尊重做人的基本原则，因为权利的杀伤力很可能伤及无辜。

这个世界永远不缺龌龊之徒，他们与你无冤无仇，仅仅是因为妒忌，他们不动刀不动枪与你正面明着干，而是常常借助一个拥有权利的蠢货去替他干掉你。

俺很不喜欢别人贴着我耳根说别人坏话。某日有一熟人悄悄地在我耳边说：某某女子身上有股臭味道，她绝对得了性病。我听完愕然，性病还能闻出来?

后来，我将信将疑在女子身边站了站，闻到的都是清香啊，没闻到臭米道啊。再后来，知道了该女子多次拒绝了我那熟人的追求 ，那小子报仇往人身上扣屎盆子呢。从此，俺远离此人。

某君靠自己奋斗进了一家不错的单位，有一天无意中看到单位书信堆中有封寄给单位领导的信，邮戳竟然是老家小地方的。此君觉得蹊跷找到领导，领导当面把信打开，发现是一封邻居嫉妒造谣某君家庭情况的恶毒信。幸亏领导没听一面之词。

明枪易躲，暗箭难防。小人不好躲，只求更多好人不听一面之词，当听到某人说别人的不是时，保持一点点客观理性的清醒，别被一面之词蒙蔽。

富不住大屋

上海电视台曾经拍过一个著名的纪录片《房东蒋先生》。蒋先生一个人一辈子守着一栋大屋。

蒋先生是新中国成立前上海滩资本家的儿子。突然有一天，父亲去了香港，母亲带着妹妹去了美国，只留下18岁的蒋先生独自守着家里的这栋大别墅。

上海巨鹿路有一种独特的气质，这种气质是浦东、深圳、滨海新区花再多钱也打造不出来的。巨鹿路茂密阴森的法国梧桐树下，一栋栋老别墅，古旧的窗户里放射着往昔的华美荣光。

蒋先生的别墅就在优雅的巨鹿路。蒋先生属于上海滩绝版的老克勒。他不结婚，没有孩子，人际关系简单，只和几个老友偶尔聊聊。他吃西餐，喝红茶，煮咖啡，用精致餐具，用复古打字机打英文信件……他有激情，自律，守规则，不颓废，不将就。

蒋先生的精致讲究，是上海滩那些品红酒、打高尔夫、驾玛莎拉蒂、开高级游艇的新贵们学不来的，因为这种精致与奢华无关，与与生俱来的注重细节和品味有关。

不愿将就就意味着不愿妥协。在命运多舛的人生里，不妥协就注定将付出巨大的代价。我认为，一个随和的人，才是容易幸福的人。可是，蒋先生所代表的一批最后的贵族，就如潘虹出演的《最后的贵族》电影所表现的一样，他们内心有执拗坚持的东西，为此守护了一生，也束缚了一生。

蒋先生有无数次结婚的机会，可是他拒绝了。他认为没有十全十美的生活，结婚不是唯一。他坚定地守住他的大房子，也守护了自己认为宝贵的个人自由。外人看来他很孤单，可导演发现他竟然能知道门前那株白玉兰树每天都开了几朵花，并像孩子一样告诉导演花开的喜悦时，才明白了蒋先生似乎在命运的捉弄里，完全没有迷失，他守住了一份对生活细节之美的纯真情怀。

生活的细节之美就如家徒四壁墙上点缀的那一幅油画，实质上改变不了什么。人生的无奈，命运的多变，人就如巨浪滔天洪水中的沙粒，太多时候随波逐流身不由己。那些住在大屋里的男人女人，有太多人被各种起起落落规律诅咒绑架，最终无奈被残酷现实无情湮灭。

我很想统计上海、北京、广州、天津那些老别墅大屋里出生的后代们，如今到底生活得怎样？老别墅结实的地基是否持续带给他们福佑？他们坚守的东西到底影响人生几何？或者他们因为某种出身是否过得比普通人要好一些？

目前放眼四周，至少那些呼风唤雨的政商精英，极少听说哪个出身名门吧？这个世界就是如此的捉弄人，苍天似乎有双无形的手在调节着一切。“富不过三代”真的像某种宿命，连那些不可一世的商业帝国奇才，也不得不在宿命面前低头。在自己垂暮之年，把权力大厦移交给第二代之前，倾尽心力给孩子们铺好路，极力消除自己创造的那套复杂的盈利模式。他们明白，只有简化赚钱的方式，儿孙们才不至于一败涂地，能守住那个大屋，至少不会露宿街头。

可是，祖传的大屋如一个吞噬灵魂地张着血盆大口的怪兽，让住进去的人无法自由脱身。等到血盆大口偷食了屋里所有的精华，气息奄奄的生灵，骨头都变得松软无力了。假如蒋先生没有这栋祖传的大别墅，也许他的命运会彻底不同，会呈现多数人那样的人生套路，日子也许会过得淡定平和许多。

富不住大屋，在古人眼里还有另一层深刻的含义。它与天地万物生命哲学有关。并且在几千年的人类文明史中，总结出了一套经验教训可供参考。

无论是欧洲的宫廷，还是中国的故宫，我们惊讶地发现，皇宫再辉煌宏大，皇帝睡觉的地方，往往都小的可怜。法国路易十六睡的那个金卧室，顶多二十平方米。北京故宫皇帝睡觉的那个房间，也没有我们想象中的宽大。皇帝缺地缺钱吗？显然不是，皇帝什么都不缺，唯一缺的是寿命。皇帝极少有长寿者。

为了长寿，历朝历代的帝王想尽了各种办法。中国历史上某个朝代，还有皇帝轮番出家的，我估计他们就是为了吃斋念佛戒除欲望来图个长寿吧？

皇帝为什么不长寿？大屋害了他们。广厦千万间，后宫嫔妃万万千，很快身体的那些阳气就败光了。人没有了阳气，百病缠身，能活多久呢？

幸亏皇帝们还懂得睡觉的卧室不能太大，要不然阳气流失得更快。一个人在睡眠条件下，身体完全放松，假如睡在空旷的环境里，气场磁场处于游离松散状态，第二天起床一定昏昏沉沉。因为阳气流失了。

“阳强则寿，阳衰则夭。”中国传统文化里很多强调保持阳气的理论。从科学的角度分析，睡眠是补充阳气最好的方法，每次睡眠良好，早晨醒来是不是精神百倍？反之则全身乏力？所以，睡在空旷的大房子里，内心似乎总有一种不安，环境毫无温馨舒适感，这就难免会影响睡眠。特别碰上冬天寒冷天气，大房间里面很难保持温度稳定，这样就直接影响了睡眠质量。

记得一位老同事，他坚持不买大房子，他只买一套交通便利的70平方米左右的两室一厅。他觉得房子大了不聚气，小面积够用就行，小面积最大的好处就是家里有温馨感。另外把钱浪费在砖头瓦块上他认为不合算，省下来的钱可以去干更多有意义的事，也不会因为追求浮夸被房屋贷款搞得焦头烂额。他永远健步如飞，面色红光满面，一看就知健康状况极佳。

到底多大面积的房子适合三口之家？我个人认为人均三十平方米就够了，三口之家就是九十平方米。这样面积的房子温馨充满活力，室内温度和卫生状况容易控制，又不会显得拥挤。

我去过一些大房子人家做客，有的套房七拐八绕，要喊个人都得扯着嗓子使劲大声咆哮。有的别墅好几层，还有的别墅客厅下面是地下室，主人活动空间其实就是客厅和一两个卧室，很多房间长期不去。特别那地下室总觉得若隐若现会冒出一股阴风，这样的房子住进去心理压力得多大啊！

房子大了，假如人口不多，屋里难免阴气很重。就如待在阴暗的森林里一样，阵阵阴气袭来，让人恐慌不安。人们都期望掌控自己的一切，我们所住的房屋也一样，必须要驾驭得了它们。能控制驾驭的东西，才是吉祥美好东西。

人体内的阳气，真的很神奇。阳气足的人，精力旺盛生命力充沛，专注力持久，事业发展顺遂。

我们去观察那些精英人士，多数都是阳光的人。生机勃发的人生态度，才会勇往直前百折不挠。阳气足，才有能力驱散身边的阴霾，从而获得更多的光明。

保持阳气，除了睡眠充足，适当运动，适当晒晒太阳，多参加户外活动，注意饮食营养调节，拥有一颗美好的心灵，特别是保持内心的愉悦。因为，好心情，是所有美好的开始。富不住大屋，天下没有绝对的事。有人就喜欢住大房子，住进大房子他就开心。假如能快乐，那就恭喜你，你就该住大屋！

电视啊电视

今天又听到电视台裁员的消息，我内心十分复杂。一方面自己已经离开了电视台，另一方面又对电视台怀有深厚的感情。

我知道这是大势所趋。世界上很少有一件事情长盛不衰，特别是与科技发展有关的事，变化那更是日新月异。

连银行都快被互联网金融逼死了，何况庞大臃肿更新节奏慢的电视呢。新媒体异军突起，顺应了信息爆炸的潮流，没有臃肿的人员结构，没有高额的设备投入，短平快的节奏，深入浅出的表达，自由掌控的传播方式……无一不在撩拨受众的心。

有手机和电脑就行了，我干嘛还要守着电视呢？我惊讶地发现，作为一个从事过二十年电视行业的人，一度酷爱电视的忠实观众，家里电视竟然有两个多月没打开了。

上一次看电视，还是在酒店里，为了让房间有点声音，纯粹为了消除寂寥感而已。可是尽管开着电视，眼睛却停留在手机屏幕上。电视成了一种可有可无的摆设。

当年，电视是何等的火爆。我开始进入电视行业的时候，对所有人来说，这绝对是个新奇玩意。随便走到哪里，你要说你是电视台的，人家眼里会放射出好奇的光，紧接着连珠炮似的问出一大堆有关电视台的问题。比如主持人都是记忆天才，竟然能记住这么多的词儿；比如你们节目都是怎么录制的，听说很多观众的鼓掌都是后期剪进去的？……在多数观众眼里，电视台的一切满满的都是光环。

确实，电视台在过去的岁月里，得到了太多的宠爱。我记得很多政府机关的重要会议，电视台记者不到，领导是不开始讲话的。一看到电视台记者到了，领导才开始发言："好，同志们，我开始讲几句……"

当年，电视台也是许多人梦寐以求的求职高地。在某些地市级电视台，里面挤满了皇亲国戚，没有点关系，想进来门儿都没有。除非你有特殊才能，或者有什么特殊贡献，才有机会进到电视台工作。记得我曾经待过的某电视台一位办公室员工，他在西藏当兵近十年，退伍回到地方，组织上给了他金融、电力、机关、电视等一堆好单位选择，最后他选择了电视台。可想而知，当年的电视行业如日中天。

除了财政拨款，广告是电视台财源的重要支柱。当年多数广告都是送上门的，就算拉广告也是不费力的。有了充足的财富，电视台开始造高楼，购置高档摄录设备，直播厅越造越大，直播车越买越多。当年多数城市里，三家单位的楼是最高最漂亮的——电视、电力、电信。高高的塔楼威风八面，楼里新闻部的记者们，几乎天天红着一张醉脸，大餐宴请应接不暇。他们口袋里永远鼓鼓囊囊，一只只信封里不知道装的什么，反正肯定不是草纸啰。

谁会想到，电视台二十多年后因为财政紧张，发展到被迫裁员的地步。据说部分电视台要靠贷款发工资了，许多地市电视台早就发不出工资了。这几年，有关新闻单位的新闻，就是又听到某某报社关门大吉了。电视台开始自救，引进新媒体理念，尝试新的突破，成立融媒体中心等等。思路是绝对正确的，改革是不容易的。人家新媒体十几个人就能做电视台几百人做的事，人家的广告收入成倍增长，很少的成本就能正常运作，你电视台怎么去跟人比拼？所以，有了思路还不够，必须消肿，轻装上阵，裁员不可避免。

据说沉寂了 N 年的广播电台反而日子好过些了。细细想来，广播和新媒体一样，也是占到了轻便灵活的便宜，人员少时效快，直播时与听众互动多，有的广播节目同时在抖音、快手同步直播。而电视呢，正襟危坐高高在上的偏多，节奏慢而冗长，年轻观众不吃这一套了。

传播是一门艺术。我们的传统媒体一直没有摸透传播艺术的精髓。同样一件新闻，内容都一样，吸不吸引人，关键就看你怎么说，从哪个角度去说了。过去，就此一家别无选择，观众只能将就，如今一旦有了选择，你说话的样子别人不爱看了。当然，作为一个老传媒人，我十分理解传统媒体的苦衷。有些事，只能这么办。没办法，只能裁员咯。

最可怕的是，裁员不可避免，但是到底裁谁？谁都不是好惹的，你凭什么裁我？在电视台混这么久，谁还没点关系。电视台年岁大了，人事关系越来越庞杂。最担心的是，最终裁走的是不该走的人。没本事的人多数赖着不走，或者给笔补偿费他才肯走，有本事的人你给钱人家也不留。异军突起的新媒体中，很多就是来自传统媒体的人才。你辛辛苦苦培养了几十年，被别人一家伙摘走了成熟的果子。只希望，这次裁员，动真格下决心，裁走那些占着茅坑不拉屎的人，留下那些真干事有思路的人。

可是，有些闲人庸人你敢动吗？庸人从事着专业性极强的工作，看似笑话，实则祸国殃民。能者上，庸者下，少了那些滥竽充数的南郭先生，中华民族超越美国，屹立于世界民族之林，不用等到 2050 年。

历史上的变革，都要经历阵痛。尽人事，听天命。万事万物都有他的规律，电视也一样。没有一样东西永远保持强势。起起落落实属正常。

顺势而为才能成功，逆势操作必然跌落。

宇宙自有定数，尊重自然定律。定数来自数据，而非迷信。六十年一甲子，周而复始循环往复。有人期盼经济永远向上，愿望是美好的，但这是违反自然规律的。你见过永远高涨的东西吗？就算有，也一定是违反常规硬顶出来的，迟早被刺破泡泡打回原形。

凭我掌握的一点三脚猫经济金融知识，凭我在媒体待了二十年的见识，电视台的现状，是许多行业的一个缩影，或者是多数行业未来的趋势。当然，我真诚希望电视能走出低谷，我相信电视事业不会坐以待毙，这个行业不缺创新思维人才，期待未来的变革会再创奇迹。

老中医

去北欧旅游那几晚，我和一个老中医睡一屋。老中医是北京人，个子不高，面色红润，脸上挂着个大鼻子，就像传说中的“悬胆鼻”。

老中医说话慢条斯理，每说一两句，后面尾音总带着叽叽叽的笑声。他的京腔味儿十足，声音还算圆润，假如去掉频繁的笑声，听他说话是种享受。

每天游玩回到酒店，我已累趴，直接躺床上先歇会儿。老中医似乎不怕累，回来先磨磨唧唧开他的皮箱子，拿出各种丸子往杯子里泡上。然后烧开水、洗澡、洗衣服……等我一觉醒来，他老人家总算忙完，坐在沙发上看着我乐：“哎哟喂！你这呼噜打得真响，有这么累吗？我这老头儿还没喊累呢叽叽叽……”

“您老都怎么养生的？身体太好了！”我斜躺在床上，看着眼前这个80多岁的老人家，精神矍铄，神采奕奕，我羡慕得不要不要的。

“小陈，我跟你说啊，这人啊，吃什么用什么太重要了，叽叽叽，老话都说了，病从口入，多数病都是吃出来的……”老中医圆润的京腔回荡在屋里，他的生命哲学课堂开始了。

从北欧回到家里，事后回想老中医说过的话，越想越觉得有道理。

今天就把他老人家的话总结一下，分享给各位朋友。

如今，人们都喜欢下馆子，老中医说了，千万不要中午去吃馆子里的第一波炒菜。因为那些个锅碗瓢盆经过一夜的放置，不知道经历了多少事。厨房里一到晚上，人去楼空，各种小动物就把这里当成天堂。特别是那大老鼠，绝对不会放过晚上厨房没人这段宝贵时光，蹿上跳下的在各种锅里、碗里、剩菜里来回穿梭，留下的细菌那无法言喻。第二天厨师来上班，那些个厨具最多拿水冲一下，有的甚至冲都不冲，直接炒菜盛盘。头晚剩下的菜，肯定先炒给头几桌客人吃。所以，中午下馆子别急吼吼去，免得脏东西都给你吃下了。

另外下馆子尽量不吃带叶子的蔬菜，厨房里着急忙慌的，谁会用心去一片片洗你的菜叶？多数意思意思简单拿水一冲就算完事了。另外，不长期盯着一家馆子吃饭，人心隔肚皮，你不知道商家的那些个食材佐料来路是否正常，万一他们图便宜进货渠道黑暗，你老盯着一家吃，日积月累，毒素堆积，不得病才怪呢。换着吃，就算一家食物有问题，也无大碍，人体自然会化解掉那些少量毒素。

如果经常在家里吃饭，老中医也给出了建议：家庭使用的厨具卫生大有看不见的风险。比如我们中国人喜欢使用木筷子竹筷子，这些木质的餐具很容易滋生细菌，如果在潮湿环境下几天不用，木筷子很快会长出一种对内脏剧毒的细菌——黄曲霉素，这个东西对肝脏损害极大。餐厅的公用筷子细菌更多，有的会交叉感染，比如对胃损害极大的幽门螺杆菌。记得一位朋友说过，他小时候胃病严重，老是半夜里胃疼难忍，后来他爸得胃病去世了，他的胃病竟然神奇般的好了。其实，这就是幽门螺杆菌家庭成员交叉感染在作怪，其中一人感染了病毒，其他家庭成员也会通过共用餐具感染。韩国人日本人喜欢用银筷子或铜筷子，这将大大减少木筷子带来的霉变风险，值得推荐。

另外，家庭厨房使用的砧板，多数也是木头的，切完菜洗干净后放在通风有光的地方，免得长霉菌。使用的餐具吃完饭立刻洗干净，免得残渣变质滋生细菌。记得过去住单身宿舍，单身汉们吃完饭盘子半个月都不洗，里面都长出绿毛了。这样的餐具下次再用，假如不用沸水煮烫，里面的细菌根本去不掉，跟着你的食物一起吃进肚子里。

剩菜尽量不吃，过夜菜哪怕放冰箱里，一夜之间，菜里面滋生的细菌不计其数。再加上冰箱冷藏环境，本身就是个细菌窝，没必要为了省这点钱而冒着损害身体的风险，划不来。吃饭，新鲜，新鲜，还是新鲜。记得杭州人喜欢用咸鱼烧鸡烧肉，盛在塑料盒子里放冰箱保存，偶尔夹几块下饭，味道很不错。可是这东西放冰箱里十几天，真的属于剧毒物质，对身体一点好处都没有。

老是听说长期吃外卖身体出现问题。其实不一定是食材的问题，而是盛放食物的塑料或纸质餐具的问题，高温下这些餐盒容易释放有毒物质。用纸杯子和塑料杯子去接开水喝也一样的道理，为了安全烫一遍再接水喝。吃方便面也一样，那把塑料叉子在滚烫的汤里，就如一个隐形的夺命凶器。

老中医还特别提到床上用品的重要性。因为床品与人相处的时间很长。漫漫长夜，一床舒适又环保的床品，可以确保你健康一生。千万不要为了省钱去买便宜货，选择大厂家的品牌产品。特别是枕头，每晚和你的头部与呼吸系统近距离接触，假如碰上黑心棉，天天睡在肮脏的黑物质上，身体不出问题才怪呢。有个山清水秀的村庄，这里空气清新，没有任何污染，有个不抽烟不喝酒的小伙子竟然得肺癌死了。大家都觉得奇怪。后来有人怀疑是枕头的问题，撕开他睡过的枕头，里面一股刺鼻的气味，各种杂七杂八的不明物质填充其间，明显是个健康杀手……

卧室里的环境十分重要，除了床品，家具是否环保？有没有持续的电磁辐射？手机是不是离身体太近？床底是不是藏污纳垢？床周围是否有什么容易掉落的悬挂？……每天睡觉的地方，小心行的万年船。

另外，老中医还提到：睡觉的卧室一定不能太大，睡觉前一定要把卧室门关上，因为睡眠状态下，保持人体的磁场气场平衡很重要，不然人体阳气丢失，会引发很多疾病。

让子弹飞一会儿

很多事情没弄清楚状况前，别急着下结论。很多利益别急着去抢，福兮祸所伏，抢的结果很可能适得其反两败俱伤，是你的最终是你的，不是你的抢也没用。很多事情不能拔苗助长急于求成，慢慢积累，厚积薄发，水到渠成。

记得有次坐公交车，一个女孩跑上车请求司机等一下他爸爸。过了一分钟，女孩的爸爸还没到，大家开始埋怨，司机也不耐烦，都在喊别耽误大家时间。过了一会儿，一位腿有严重残疾的男人吃力地赶来，一瘸一拐地上了车，所有人都沉默了。

这个小故事，让我想起了姜文导演的那部影片里的一句经典台词——让子弹飞一会儿！着急下结论，最后有可能搞得自己很被动。

我年轻时曾经有过急于下结论，把自己置于极度尴尬的境地。有一次领导把所有单身员工都喊去家里聚餐，唯独没叫我。当时我心里愤愤不平，感觉受到了歧视，口无遮拦说了几句酸溜溜不中听的话。到傍晚六点，一个同事来到宿舍叫我去领导家吃饭，我还以为领导临时才想起我。结果到了领导家，推开门的一刻，大家齐唱生日歌，满桌的饭菜和蛋糕，我才想起今天是我的生日，同事们忙了一下午为我准备了生日宴。我坐在桌前，心里除了感动，更多的是羞愧，后悔自己想当然轻易下结论，误会了别人的用心良苦。

想起了一个古代故事：从前有个人发现家里少了几两银子，在没有弄清楚情况前，就开始怀疑是来家里做客的小男孩偷的。因为他观察小男孩的样子，那表情，那说话的语气，甚至他那走路的样子，都像是偷银子的人。结果，夫人提着一袋子的商品回到家，告诉丈夫她拿了银子去购物了。他这时再观察小男孩，言行举止都不像是小偷了。可见，人在焦急抱怨中，容易乱怀疑。假如让“子弹飞一会儿，”不要急，等一等，或许就一点事都没有了。

在美国，有一对年轻人婚后女方生完孩子就死了，男主人工作太忙，就开始训练自己的爱犬帮助照顾孩子。狗狗很聪明，甚至可以用嘴叼着奶瓶给孩子喂奶。然而有一天，主人回家后，惊讶地发现家里到处是血。主人连忙跑进卧室，发现孩子不见踪影，而狗在床边趴着，满嘴是血。主人脑子嗡地一下就愤怒起来，以为狗兽性发作，把孩子给吃了。男主人盛怒之下，举刀把狗给杀了。突然，主人听到了孩子的哭声，在被单底下发现了孩子。更让主人没想到的是，在床头地上看到了一头被咬得伤痕累累的死狼。可见，急躁地处理问题，不问青红皂白，这是多么可悲可怕啊。

经常听见有人遇到问题时，就情绪波动，开始说一些不理智的话，无端怀疑别人，甚至断言还没有发生的事情的结论，等到事情真相大白，后悔已经来不及了。历史上太多冤假错案，都是急于下结论造成的结果。或者被坏人利用，情绪被当枪使了。

让子弹飞一会儿，遇事不要急，等一等，想一想，看一看，不要轻易下结论，弄清楚情况再发言、评论和采取对策。子弹再快，就一定能打到你嘛？不妨让它先飞一会儿！

人可以貌相

“人不可貌相，海水不可斗量”这句话不知道谁说的，好像是出自《西游记》里的人物对话。我一度很赞赏这句话，但随着年龄增长，开始越来越怀疑这句话了。

人可以貌相，过了35岁，更加得以确认，因为识人似乎变成了一个很自然的条件反射了。

还有句俗语：三岁看大，七岁看老。看一个人三岁时候的样子，就基本可以看到他长大之后的样子；看一个人七岁时候的样子，就可以看到他老了之后的样子。意思是：看一个人小时候的行为表现，性格品德，就可以大概预测这个人的将来。这说明小的时候特别关键，要注意培养，过了这个年龄，基本就定型了。看看，这么小的孩子就可以“貌相”知道他们未来的很多事了。

回想小时候身边的那些小伙伴，还真是三岁看大。记得有一个小伙伴从小爱干净，一幅文质彬彬的样子，待人接物有礼貌，行为举止专注独特。老听见大人夸赞：这孩子与众不同，将来有出息。事实证明，人家最终就是脱颖而出不同凡响。另一个小伙伴从小就善于察言观色，为人机灵，长大后果然八面玲珑善于交际应酬，在商业领域做出了一番事业。

昨天偶然看到一张图，是俄罗斯总统普京小时候与小伙伴们的合影。我看完笑了半天，天真烂漫的孩子们东倒西歪形态各异，唯独前排左一那个孩子正襟危坐一幅少年老成的样子，从他的眉宇间还真看出了一份坚毅果敢，这个叫普京的孩子最终成了一国总统。

孩子的“相”是天赋或本能，而成年人的相，经过生活的千锤百炼，必定在外表或内心留下太多痕迹了。稍微有点经验，很容易就看出底细。

俗话说：大手抓草，小手抓宝。相学在古代很流行，其中手相是其中很重要的部分，如今我们一概否定，认为什么相学风水都是迷信。

我们仔细分析“大手抓草小手抓宝”这句话，实际有很多科学道理的。

古人认为，一般在田地里干活效率高的农家人，一般手掌都很大，体力劳动导致手指关节粗大，所以这类人用辛勤的汗水来获得最终的成果。

手掌粗大的人，多数小时候从事过繁重的体力劳动，家境都不太好，受的教育相对不足，成年后难免艰辛。这也就是大手抓草的道理。

而那些手掌小的人，从小手十指不沾阳春水，家境富裕，衣食无忧，教育良好。他们家庭背景好，得到的资源多，假如加上头脑灵活，运用自己的聪明才智来谋求更好的生存发展，一般这类人是商人和读书人，抑或者是靠独门绝技吃饭的高级手艺人。这就是小手抓宝的道理。

面相的学问就更加高深了，什么天庭饱满，什么奸门颧骨的，理论一套一套的。看起来玄乎，其实是聪明的古人根据经验总结出的规律，不能完全统统以迷信概之。你比如面相学里说到鹰钩鼻子的人小气，仔细观察，生活里还真是这样。你比如说鼻孔朝天的人容易贫穷，观察下来似乎有些道理。当然富豪玻璃大王曹德旺除外，可能他其他方面的面相极佳，弥补了这个不足。

古人在看相方面研究颇深，他们总结了一套理论和口诀，据说有高人看一眼就能知道你的人生，八九不离十。

日常生活里，我很看重陌生人带来的第一印象，走过来一刹那的感觉，这种感觉往往是对的，人体天生具备的许多神奇反应妙不可言。不要忽视自身的这种天然能力，心灵感应假如无数次提醒你这个人要提防，就要引起足够的重视。同理，买房子或租房子，走进大门那一刹那的感觉很重要，如果感觉不舒服，就不要继续了。

除了第一印象，与人聊上一会儿，70%的情况基本有数。为什么？就是对方的言谈举止细节，和内心反映到脸上眼睛里的信息传递的。再老谋深算的人，很多内心戏是藏不住的，他的眼睛里或者脸部肌肉会快速闪过一丝表情，有经验的人就能捕捉到。

社交场合见面，人们首先握手。一握手，经验老到者，能快速了解到对方情况。假如手掌粗糙有茧，这人没少干体力活。我曾握手时发现对方食指有茧子，这人不是警察就是军人，长期练枪扣动扳机导致食指皮肤发硬。大夏天，一握手对方手掌冰凉，不是内脏不好就是心里紧张。握住的手软硬程度，也能判断出很多信息。

如今大家见面少，都玩微信了，可是，微信也是一面镜子，很多蛛丝马迹可以暴露一个人的内心。一句话，一个评论，一条朋友圈，都是内心的反射。被人拉进各种群里，一帮人除了群主其他人都不认识，几天下来，里面人的秉性一览无遗。

微信里，有城府的人极少发内容暴露自己，没城府的人喜形于色天天发。比如我自己，就是一大孩子，道理都懂，就是要做那个喜形于色的孩子，除了四肢无奈可以弯曲，其他所有都是直的。直来直去容易得罪人，看不得半点虚伪，最忌恨别人装B。当然，自己也好不到哪去，偶尔也虚伪也装B。比如老么咔嚓年纪一把了，还学着孩子们老是凹造型装B。人可以貌相，一看我是个不服老的人。

聪明的葡萄藤

我栽的葡萄看样子要死了，不知为什么，在温暖的初夏，它却像得了早衰症，病病恹恹的逐渐枯黄。

我不知道它为啥要在壮年选择死去。我极力挽救它，给它浇水施肥，给它擦拭身子，把珍贵的高丽参红枣茶喂给它吃……

它挣扎了几天，努力想打起精神，晃动着枝叶，摇摆着头，随风舞动着身子，显出一副高兴的样子。我知道，它不想让我操心，它是个聪明的葡萄藤。

这个家伙从小就聪明，知道哪里该去哪里不该去，从来不轻易把头伸出危险的阳台，知道用它那稚嫩的小手臂，抓住所有机会奋力往上爬。很快，它就长得又高又大，帅帅的样子，招来了一帮花蝴蝶花麻雀趴在旁边痴痴地看着。

可是，太聪明害了它。它偷看我摆在阳台桌子上的书，书里的结局使它突然明白了，原来活着如此的辛苦。它突然感到了害怕，它明白了自己没有根基，它看不到自己的前途，它活在一个阳台上，几乎没有腾挪的空间，脚下只有一小盆土地属于它，有可能这一点土地都要随时失去。

它不解，为啥远处葱绿的山上，它的那些茂盛的植物朋友为什么拥有那么多。而它只能待在封闭的阳台，得到一点点人工制造的昂贵的化学肥料。更让它恐惧的是，它突然发现了周围贪婪的眼睛，发现了它存在的意义仅仅是因为能长出葡萄。

我后悔不该把书摆在它旁边，我希望它做个蠢葡萄。旁边那盆蠢西瓜苗就长势旺盛，它们整天什么也不想，每天蠢蠢地活着，它们觉得这个阳台是全世界最好的地方。只要我给它们浇点水，吃饱了就肆意胡乱生长。信息的不对等，导致判断力上的巨大差异，知道多的植物清醒，知道少的蒙昧偏执。

我不知道怎样才能救活聪明的葡萄，看着它生不如死的痛苦样子，我束手无策，只能听天由命。我只是期待，它的根部能幸存，等到下一个春暖花开的季节，我希望看到奇迹。

舍得舍不得

佛家智慧讲究舍与得，舍得的哲学内涵其实很容易理解。放弃点，再放弃点。其实人的奋斗期大都在 25 岁到 45 岁黄金二十年，过了 45 岁，我们不再是年轻人了，建议：一旦有繁杂琐碎的事务影响你的健康，那就要适当逐步放弃了。学不会放弃，就将失去更多。一旦身处“紧急避险”的境地，就必须舍得放弃。这种放弃，就是得到了以后生活质量，不用抱着药罐子度过后半生。

就财富而言，年轻时也许穷，但你要想尽办法“舍”，多出门，多请客，多交友，多送礼（法律允许范围）多奋斗、少偷懒，只有舍，你才会得到更多。

三种钱别舍不得花：

1. 外在形象的钱别舍不得花，用钱来养护和武装自己的身体。留心一点时尚时髦，别让自己整个与时代脱节。置办几身款式料子有品质的衣服，别每天一身皱皱巴巴衣服在单位里溜达，没钱买高级货，至少保持干净整洁。男生管好你的鼻毛和指甲，女生管好你的体味和头发。别以为年轻就不用健身和营养，一年两年看不出来，但五年后的差异，也许花再多钱都追不回来了。钱花在哪里，它永远不会去错地方的。

2. 内在形象的钱别舍不得花。这个时代脸蛋可以整形了，满大街都是美女帅哥，他们走在路上，其实差别尽显，基本一看就知道底细的。差别在哪？其实就是细节和气质嘛，世界上最不能装的美，就是气质，你读过几本书，你在学习上投资了多少，都不用聊天，一眼就能看出来。站在城市街头，乌泱乌泱的人从身边走过，你稍微一观察，就大概知道底细了，怎么知道的？就是内在底蕴散发出来的气息和气场透露的。所以，大叔我这辈子最后悔的事就是二十多岁时读书太少，在记忆力理解力最好的年龄没有读大量有用的书，整天一帮人瞎玩。现在想读书，理解力很棒，可是记忆力不行了。

3. 我前面讲过，年轻时多出去交际，把钱花给别人，多参加聚会，真诚对待朋友，那时候积攒的人脉比你后来有钱了有意维持的关系要牢固得多。年轻时懂得舍，未来才会得。不要小看一起穿开裆裤玩的任何人，未来人家也许就是大人物；多去帮助那些落难的人，未来的事谁知道啊，人生就是充满戏剧性。某些好单位经常会有个别莫名其妙进来的人，其实就是大领导落难时人家父母伸出过援手，大领导报恩呢。宋江要不是早年“及时雨”帮助过许多落难之人，他都没机会上梁山，半路上就死了。

过了 45 岁，人生基本定型，要慢慢守住你的成果，别再去瞎折腾啦，养好身体很重要，不必要的支出和应酬杜绝了。人生经过岁月沉淀，孤独和安静是两首不错的歌谣。静下来你会发现，生活原来有如此多过去忽视的细节之美。

不要去羡慕任何人，上帝永远是公平的，舍得之间有双无形手在调控。得也要有度，要合法，得了不该得的，必有报应。生活里许多得意忘形之人，稍有眼力的人一看就知道他迟早要出事，只有他自己蒙在鼓里。

记得有次在北京坐出租，司机极为健谈，他太爷爷曾是清朝医官，常给权倾朝野富甲一方的和珅看病。其实，和珅全身都是病，太有钱太任性，大量吃请受礼，和珅养得脑满肠肥，心脏病高血压各种结石缠身，每次尿尿得半个小时。更悲催的是，和珅贪得无厌，不懂舍得，只知道收礼得财，不知道舍弃收手，因此埋下祸根。当他富可敌国时，靠山老皇帝驾崩，新上台的嘉庆皇帝抓住把柄，把他的财宝和老命都给收拾了。

这两天新闻里各种贪官在法庭上哭哭啼啼忏悔，平日里趾高气傲的样子全无，一幅落水狗的模样。此时后悔莫及有何用？得了不该得的，拿了不该拿的，最后竹篮打水一场空，换来的是下半生的牢狱之灾和无尽的悔恨。早知今日何必当初？此时此刻悟到舍与得，后悔已经来不及了。

德不配位，必有灾殃。老祖宗留下的智慧，亘古不变……

朋友圈

微信朋友圈就是一大厨房，各色人等的厨艺和胃口一览无遗。朋友圈又是一大舞台，有人在台上光彩照人有人躲在幕后暗自神伤。朋友圈也是一所开放型学校，百家争鸣百花齐放让人目不暇接收获满满。

我忘了我是什么时候开始玩微信朋友圈的，应该有个七八年历史了吧。我确信的一点就是：我自从开设朋友圈，从来就没有中断过，一直坚持每天打理，力求每天能烧出一两道“好菜。”我开玩笑说：我把微信当一本杂志在办，我就是杂志主编。

我喜欢看朋友圈，我期待看到好玩好看的东西，更期待看到思想碰撞的美文。朋友圈是交流的宝地，就应该活力四射，死气沉沉的朋友圈就没有了存在的价值。除了一天发几十条朋友圈的，我很高兴看到朋友们每天更新内容。发什么都无所谓，正能量满满就 OK！我就喜欢发朋友圈。

我是个吃货，发美食必不可少。民以食为天，美好的食物总能勾起我们太多的激情和快乐。我始终认为，一个不爱美食的人就不会有太多生活热情，“没胃口”总是和心情或身体状态密切相关。“要想成大事，没有饭量可不行”民国袁大总统说了句大实话。历史上的那些伟大人物，很多是美食家。苏东坡把自己喜欢的美食东坡肉送给修苏堤的民工们吃，吃好了吃饱了才有力气做事啊。假如苏轼、杜甫等还活着，他们一定也喜欢在朋友圈发美食照片。

“我从来不发菜”有人不喜欢在朋友圈发美食。成年人的世界总是有太多顾虑。确实，一个发美食的人，总觉得烟火气太重，和高大上的样子似乎有距离。发发国际形势或财政经济，或者抱怨抱怨工作太忙，确实显得格外高级。假如这份高级感，能带来真实的快乐，那么就恭喜了。

我是个“驴友”，发旅行见闻必不可少。我不太喜欢走马观花，或者去人潮汹涌的传统景点，我喜欢边走边看边想，我认为最好的旅行应该和景物有交流，甚至能和山川河流历史对话。

可是，这种旅行状态只能一个人走，人多了喧闹容易分散注意力。再说了，你老沉浸在自己的世界里，“尽想些没用的”一定会让同行者感到失望。

喜欢发旅游的似乎比发菜的多得多，有些极少发圈圈的人，哎哟喂！竟然也会发一两条说说：“走在米兰街头，发现一种久违的感动”“和爱人的旅行，在路上遇见最真的感动”啧啧啧，冷冰冰的语言，配上黑黑灰灰图片，确实显得特别高级。

我没有才华显得高级，只能把图片拍得尽可能规整，然后尽量把色彩调得鲜亮，然后再配几句真情流露的直白的话语，这就是我旅行的一部分。

我还算是个好学的人，转发阅读文章必不可少。如今的时代，信息漫天飞舞，各种人各种观点充斥屏幕，他们代表不同的阶层不同利益试图传达自己的观点进而影响更多的人。相比微博里，许多“隐形马甲”可以肆无忌惮的“泄粪”，微信毕竟都是真名实姓，发表言论有很大的顾忌，所以，微信比微博要虚伪得多。但是，微信又比微博隐藏得深高明得多。

微信里，很多文章看似有道理，只是写得太高明，不知不觉就影响了你我的态度和想法。最可怕的是，断章取义颠倒黑白的文章每天都有，得到的阅读量大的惊人，评论里的人们或真或假不假思索地一边倒认同一个观点，假如有某一位过脑子的人发表不同意见，群起而攻之这熟悉的场景让人后背阵阵发凉……

我也喜欢写文章，可是我写文章的目的很单纯。除了在朋友圈分享自己的见解，我不求什么转发点击量，我更多的是为了练笔，更多的是积累自己的素材，以便今后能修改完善出版成书。

朋友圈确实带来了快乐，一种敞开交流的快乐。我也明白，尽管隔着手机屏幕，其实朋友圈和真实社会关系一样，充满着各种人性矛盾，只不过没那么直接而已。有时候，活在一种虚幻里何其不是一种高明？阿Q精神有时候真的是最好的选择。何况，朋友圈里还是有许多的真诚，不论批评还是赞美，感受到真诚，就是一股清流。

其实我早就想关闭朋友圈，可是又舍不得多年积累下来的习惯，特别是其中的友谊联系。书信联系和电话联系成为了历史，朋友圈成了朋友的朋友圈。

有些人是我一辈子的良师益友，他们总在恰当的时候用恰当的方式鼓励或提醒我。我之所以开始写文章到后来成功出版书籍，也是受到了朋友圈恩师们提醒和鼓励。

所以，下了几次决心，想离开朋友圈，彻底过一种安静的日子，用心去写我的小说和散文。可是，没有了互动的日子，没有了朋友圈生活的滋养，光靠苦思冥想就一定能写出接地气的好东西？

都说艺术离不开生活，这是真的！朋友圈，就是充满正能量充满烟火气的生活圈！

老师林先生

林先生戴一副圆框眼镜，瘦高个儿，下巴留了一戳胡子，身上穿了一袭土布灰色长衫，好像还戴了一顶瓜皮帽子……这些印象像梦境一样，回忆起来煞是可爱，时而清晰时而模糊，毕竟是我七岁时的记忆。

外公和奶奶一度针锋相对，起因就是为了争夺我这个孙子的抚养权。外公把我养到了七岁，捧在手心里娇惯着的外孙，牵扯了他太多的精力和爱。

外孙子总算可以上学了，老头一大早给我换上了新衣服，背上新书包，带上凑足的学费，和几个同龄的邻居孩子一起去学校报名上学了。

外公所在的地方都是湖南人，说的语言和生活习惯都是地道湖南本色。五十年代有大量的湖南人浩浩荡荡移民江西。就如明代早期江西人浩浩荡荡移民湖南一样。

一群湖南孩子蹦蹦跳跳来到学校，清脆的湘音回荡在白沙小路的尽头，树上的小鸟叽叽喳喳欢快地唱和，山窝跃起的太阳公公也出来迎接我们。

学校在一条金色的小河边，晨曦下一栋金色的房子，一个金色的瘦高老头站在门口，笑眯眯地看着金色的我们到来。老头圆框眼镜里有一双温和的眼睛，每一个孩子走到他面前，他会弯下腰，仔细看着孩子们的脸，抚摸一下孩子们的头，招呼着孩子们进教室就座。

教室除了课桌椅，印象里好像还有一张巨大的雕花床，床上挂着灰色的蚊帐，床头有一个黑灰色的矮柜，上面放了一盏油灯和书。老头进屋后就坐在床沿，一个个叫我们过去报名。

雕花大床为什么摆放在教室里？这个记忆很深刻，我后来分析，可能是学校房间有限，两间教室一间厨房，老师只能将就着住在教室的角落里。

我只记得老先生姓林，他的那身打扮估计是过去读过古书的人的模样。可是，为什么到了我这个年代，林先生还是一身旧民国时期的行头穿着呢？我也只能猜想了：旧时读书人对一些东西很坚持。就如明末清初时候的读书人不肯留辫子一样。头可砍，辫子坚决不留。敬佩文化人的气节！

林先生一个个问孩子们情况，轮到我了，我怯生生挪到先生面前，眼睛快速瞥了一眼先生，然后害羞地等着先生提问。

“你叫什么名字啊？”先生眼里依然含笑。

“层蚊隔”我听到了自己像蚊子叫一样的声音。

“你再说一遍，叫什么名字？”林先生把耳朵往前凑了凑。

“呃叫层蚊隔”我声音突然响起。

周围一阵哄笑。一个邻居孩子大声说：“老师，他叫陈文革。”又是一阵哄笑。

我把头往一边扭，捂着嘴偷笑起来。林先生示意让大家安静，然后让我再说一遍自己的名字。我只顾低头偷笑，再也不肯发出那三个字。

林先生似乎明白了，笑呵呵拉着了我的手，一字一句用普通话念出了我的名字，让我跟着他大声念。那是我第一次开口说普通话，我听到了我发出的怪调，我忍不住扑哧扑哧地笑……

“要学会说普通话。”这是林先生给我上的第一堂课。

人生就是这么奇妙，一个当年满口方言不会说普通话的人，后来和普通话结下不解之缘，竟然靠说普通话开启自己的事业和人生。21岁开始，我成了电视播音员，开始了长达二十年标准普通话的职业生涯。

“桃李不言，下自成蹊。春风化雨，润物无声。感恩人生路上遇到的每一位老师。”

“青春，就是自以为长大的我，遇见教我长大的人。”感怀青春，感念师恩！祝老师教师节快乐！

爷爷邱吉庆

我没见过我爷爷，只知道他叫邱吉庆。

湖南衡阳九峰山下会南溏，连绵群山环抱之中，大地突然改变了脾气，变得异常的宁静平和。这片叫会南溏的平缓之地，有良田万亩，其中的三分之一属于爷爷邱吉庆。

饭后聊天，爸爸说起爷爷邱吉庆，两眼放光激情四射。他突然提高声调：你爷爷是个讲义气的人，他靠勤劳和本事积攒起来的家业，培养弟弟读黄埔军校，从没忘了资助穷人……

老爹的描绘里，爷爷邱吉庆身形高大、鼻高脸阔，性格刚毅，疾恶如仇。他常常主持乡里重大活动，协助公所调解各类民事纠纷。公平公正之间，利益得失之间，分寸拿捏难免顾此失彼，为人处事不免有些众口难调，因此，被早已妒忌的对手抓住把柄寻机报复。

“你爷爷脾气大、懂诗书，会武功，四五个人不是他对手……”在当年争强好斗常常靠武力解决问题的年代，就如《白鹿原》里两姓之间激烈的地产争夺一样。可会南溏的其他大姓奈何不了爷爷邱吉庆。

爷爷把诗文武功传授给了弟弟邱巍，资助弟弟潜心求学。功夫不负有心人，叔公邱巍以优异的成绩考入了黄埔军校第三期。

当弟弟邱巍以国民革命军陆军中将军长的身份衣锦还乡时，可想而知爷爷邱吉庆有多么的荣光。老爹挥舞着手说：当年回会南溏，邱巍身边的警卫都有几十人……

抗战爆发后，爷爷邱吉庆主动为国出资募捐，号召十里八乡随时准备协助部队对敌作战。叔公邱巍直接率领部队投入到了艰苦卓绝的抗日战争中，神州大地大小战役留下了他坚定不移的战斗身影……

爱国不分你我，在国难面前，才能真正体现一个人的优秀品质。感谢爷爷邱吉庆和叔公邱巍给我们后代留下了这笔光荣的精神遗产，让我们不至于在“好人”与“坏人”之间去痛苦琢磨自己的祖先。

历史上的改朝换代，在那个好与坏很容易混淆的年代，对手利用短暂的混乱瞬间，给爷爷邱吉庆扣上了一顶大大的“恶霸”高帽子。

在汹涌盲从的人群呼喊声中，一个伟岸的身躯被强行按下了不屈的头，随着几声凄厉的枪声划过晨曦，他悲愤地倒向那个充满冤魂的深沟……此时，对手颁布了一项恶令：不允许家属收尸。

历史好似一条巨大的变色龙，在后人们细心探究中或一知半解里忽闪。总算雨过天晴，某位胆大的后人，在一个月高风黑的深夜，在深沟里挖掘寻觅亲人的尸骨。面对满沟的累累白骨，已经无法辨认亲人的痕迹，无奈之下捡起一根最粗壮的腿骨，坚信那是邱吉庆的遗存，随后恭恭敬敬把腿骨埋葬在了会南溏那个向阳的高坡。

阳光总在风雨后，有阳光的日子总是让人感怀今天、又想起昨天。当某知名作家的有关那个短暂混沌时期的故事写成了长篇著作，作品最终还有幸获得著名文学奖的时候，尽管引来了巨大争议，但有争议说明真相需要探讨，给那些不明不白的故事一个明朗的“晴天。”

相比爷爷邱吉庆，父亲陈桂华，我庆幸我生活在一个风清气正的“晴天”，物质的丰富、精神的自由不必再惧怕饥饿与被别人轻易伤害，公平公正永远是时代前进的主流。

父亲一辈子都感谢他，那个叫陈启庭的好人。住在牛棚里的奶奶怀抱着年幼的父亲，家产被没收、无依无靠、饥饿难耐，婴儿因饥饿皮包骨头随时可能亡毙之际，好人陈启庭收养了这个弱小的孩子。陈启庭成了我另一个爷爷。

我没有见过我的两个爷爷，可他们的故事深深地刻进我的记忆里。饮水思源，血浓于水，一度陌生的父亲这几年在我心里也渐渐有了亲近感。亲情就如一坛酒酿，遇到合适的契机就将发酵。

今天大年三十，和父亲一家围桌团圆，杯盏交错微醺淡淡激情澎湃之中，手指跳动码下以上这些充满情感的文字，以此纪念那些逝去的亲人。

春天来了！春泥和着思念，感怀召唤着深情，高举手中的醇厚烈酒，向着遥远的方向，带去晚辈孙儿深深地敬意！

宇宙深处的爱情电波

什么是爱情？“当我们相拥的时候，感觉世界上只剩下我们俩”，对，这就是爱情。最早世界就一男一女，亚当与夏娃。幸亏他们都能爱上对方，偷吃禁果，要不人类繁殖是个大问题。爱，是人的原始本能，没有爱的世界黯淡乏味。

记得上海教育委员会曾倡导中学语文课本多增加一些歌颂描写爱情的文章，明智者的用心良苦，希望摩登拥挤城市的孩子们保持一份质朴纯真，多一些爱的浪漫情怀。

我们仔细想一想，所有给我们留下美好感觉的地方，都离不开爱的滋润。有爱，一切就会变得美好。有爱，就会刻骨铭心。有爱，就会意义非凡。

为了爱，可以放弃江山社稷。古代英雄不爱江山爱美人的故事代代传颂。唐明皇爱杨玉环爱得要死，全国人民差不多都要造他的反了，他还舍不得离开他所爱的女人。从真爱的角度，唐明皇是感情专一的楷模之一。后宫佳丽三千，就爱这一人，差点不惜断送大唐江山。

老天有时捉弄人，爱越深，离越远，似乎是在考验和唤醒人类那份爱的纯真。

中国最绝美的爱情故事当属《梁山伯与祝英台》，凄婉动人的故事情节让幼年的我看哭了一遍又一遍。

后来俺到了杭州工作，这份戏剧爱情带来的美好始终挥之不去。在杭州期间，小百花越剧团只要演此戏，我必去捧场，为的就是这份刻骨铭心的爱。

我在杭州目睹了一对深爱情侣的生离死别。女孩得了重病，已无医治希望，男孩痛不欲生，不听任何劝阻，和女孩在病房里完婚。女孩弥留之际，男孩拿出所有精力，在院子里为女孩搭建了一个玻璃花房，自然的阳光与精心布置的鲜花内饰，为女孩营造了一个美妙的童话世界。女孩最后微笑着走了……

真爱就一定要得到回响么？相比爱的枯竭与虚假，哪怕是单相思又何妨？你真爱过了，证明了你灵魂的高洁。有句歌词唱到：你骄傲吧你幸福吧，有些人想失恋都没有对象……

爱是一种本能，又不完全是本能。爱是你我来过这个世界最深的刻痕。来世上一遭，不留下点什么，不白来了吗！曾经爱过的人，哪怕喝了孟婆的那碗汤，也决不放弃下次轮回中寻找你。

愿所有姑娘都嫁给爱情，愿所有小伙都娶了真爱。人在宇宙非常渺小，人的生命转瞬即逝，肉体和物质可以消亡，但你付出真爱的电波将穿过云层，一千年以后，宇宙深处一定会有你爱的回音。

得到真爱是幸运的，你们可以尽情手拉手去看流星雨。暂时没有得到，没有关系，好好一个人吃饭，才有力气去努力寻找你爱的那个人……祝有情人终成眷属！

微观世界

我越来越害怕微观世界。害怕，使我变得勤快。勤快的结果，让我的容身之所洁净如新。

一花一世界，一叶一菩提。一朵花，就是一个宇宙，一个人身，也是一个宇宙。万物渺小或者宏大，微观世界或者宏观世界，都是一个世界。

对于生长在花里的微生物来说，那就是他们的地球。对于生长的地球之外的比我们更宏大的生物来说，我们的地球只是他家里角落里的一个小颗粒。

人类不断在探寻浩瀚宇宙的秘密，却极少关注身边那些看不见的宇宙，我们站在巨人的角度，总是藐视那些悬浮在灯下的尘埃。

原来一粒尘埃有如此大的破坏性。他们穿上华丽的盛装，欢快地在空中飞舞，瞪着贪婪的眼睛，寻找着气候环境舒适的居所。巨人被细小颗粒搞得措手不及，被迫戴上了口罩，诚惶诚恐地把自己宅在了家里。

家里处处都是小宇宙。你有多久没有打扫卫生了？厨房里的碗筷洗了吗？最近很忙，一个月没打扫房间啦，半年没换床单啦，吃完饭没空洗的盘子长绿毛啦……

天上一天，地上一年。巨人经历的三天，没洗的盘子里经历了三百五十年，一个伟大的朝代，在休养生息中得到了蓬勃的发展。微观世界里的他们，疯狂地攫取有限的资源，把他们的子孙送到盘子里所有的地域，然后在地盘上肆意垒砌高高的建筑——那些高耸入云的绿毛房子。

黄曲霉素的朝代，建立在湿润温暖的木质国土里，他们占据巨人的木筷子、木砧板，以及柜子里那些充满香味的粮食上。黄曲霉素能力超强大，所到之处，所向披靡，无所不能，他们天生的才华让帝国上下飞舞着浓浓的喜庆华彩篇章，帝国上空充满着多姿多彩的欢乐气氛。

巨人实在太懒了，厨房里的那些用过的盘子、筷子、砧板足足有一个月没洗。帝国万岁！微观世界到处唱着赞歌，黄曲霉素举国欢腾。

巨人想当然，想想反正下次还得做饭，等用的时候再来洗餐具不迟。

天上一个月，地上几千年。微观世界已经发展到了辉煌灿烂的时代。

微观世界出现了几个伟大的人物，他们准确预测了未来，特别恐怖的是，他们的超凡智慧让他们敏锐看到了微观世界的末日。其中一个伟人并且偷偷写下了预言书《推背图》和《圣经》等。

盘子里的资源总有一天要枯竭。筷子砧板总有一天要彻底腐烂。最可怕的是巨人总有一天要再次进入厨房，特别是巨人看见了微观世界高耸的绿毛建筑，一次大清洗将不可避免。

微观世界的伟人，把唯一的希望寄托在巨人永远很懒，永远没空再进厨房做饭。他们整天祈祷，让上帝能够保佑他们平安。其实，那个上帝就是懒惰的巨人。巨人越懒，微观世界存在越久。

微观世界过了几万年以后，巨人最终还是捣毁了他们的帝国。水龙头下的水流，如洪水般冲刷了黄曲霉素赖以生存的土地……

绝大多数黄曲霉素被冲进了阴暗的地狱，只有少数还残留在木筷子木砧板的山洞里。他们不甘心就此毁灭，一致决定等待时机再移民其他的星球。

时机终于来临。巨人的粗心大意给了黄曲霉素继续生存的机会。躲在木筷子木砧板山洞里的小黄们，突然发现自己被一大堆宇宙垃圾裹挟着，猛然进入了一个恐怖的巨大黑洞，穿过一条阴暗潮湿的隧道，一百多年后到达一个密闭的空间。黄曲霉素很快发现，这个地下空间比过去的木筷子木砧板还要适宜他们生存。

黄曲霉素快速繁衍后代，微观文明再一次得到重生，他们在新的环境里，开疆拓土，并从一个空间进入另一个空间。他们所到之处，利用现有的资源，建起一座座伟大的城市。他们在一个叫肝脏的地方，建立了一座规模宏大的帝国首都。

巨人渐渐面黄肌瘦、腹痛难忍。在 X 光照下，巨人看到了自己肝脏那个巨大的肿瘤。

天上一年，地上一万年。一年以后，巨人因癌细胞扩散不治身亡。

一万年以后，天降大火，黄曲霉素帝国彻底毁灭。

巨人留下遗言：千万不要学我懒惰，房间要经常打扫，盘子要及时清洗，木筷子换成银筷子。

粗俗鄙陋

我比较喜欢和纯朴的人打交道。我常常和楼下的保安聊到深夜，经常和路边水果摊主唠唠家常，也喜欢听老农民谈论粗浅但有意味的故事……他们身上放射出的质朴闪光点，可以让我心里踏实自在，让虚伪的灵魂得到净化。

我写以上这段文字，只想说明一个粗浅的道理——不要歧视任何人。我尊重别人的生活选择，尊重每一个生命的独特意义。但作为社会的一员，必须遵守最基本的道德底线。

一进入小饭馆，我就感觉到了一股浓浓的烦躁气息。我环顾四周，感到这股气息是角落里一个黑衣男子发射出来的。他就像被风吹着的一个破灯笼，发出各种窸窸窣窣的声音。

我条件反射般的僵在原地，因为想起了前不久发生在另一家饭馆的事。一个男子刚开始也发出类似的声音。突然，男子莫名其妙把饭碗狠狠砸在地上，菜汤飞溅，吓得大家连连躲避。大家都发蒙，不知道发生了什么事。饭店老板走过去质问男子为什么这样，男子凶蛮地喊道："老子心里不舒服"。就在老板指责他的行为时，男子竟然拔出了一把刀，众人一看吓得鸟兽散。幸亏饭店老板是退伍军人，三下五除二把持刀男子给按到了地上……

我担心角落的黑衣男子也不是个善茬，买好饭菜我远远地躲着，眼睛余光一直留意他的动向。他发出的各种声音依然没有停止。我偷偷观察他，发现他嘴里除了咀嚼声音很大，还时不时朝远处喷吐口里的残渣，他还把汤汤水水甩得桌子上墙上到处都是，地上全是他扔的垃圾纸屑……我食欲顿时减半。

我想起了去年的新闻：俩中国女子在日本用餐，最后老板宁可不要餐费也要把她们赶出了餐厅，据说她们用餐时的习惯让人不堪忍受。

黑衣男子总算吃完起身走了。他抽了一张餐巾纸，使劲地擤了几把鼻涕。我赶紧护住了我的饭菜，生怕被他喷出的空气污染。我看着他幅度很大摇晃着身体，像环球影城那个霸道的铁疙瘩机器人一样，带着一身的“刀剑”哐啷出门了。“咣当”一个矿泉水瓶被他当街扔在地上，“咚”一团纸巾被他扔在了街上，“哗啦”双手掀起了他的黑T恤，一只鼓胀的黑肚皮晾在了外面。

我脑子里不受控制地蹦出四个字：“粗俗鄙陋”。我在想他经历了怎样的成长环境？他的家庭和学校带给了他怎样的教育？是什么让他变得如此的粗陋不堪？

我吃完出门，准备去超市，经过路口，看见黑衣男子正拥抱着一袭白衣女子在亲热。哎哟喂！他竟然还有女朋友，我这千年老单身的优越感顿时消失殆尽。我故意绕道，想路过他们身边，看看到底什么样的女人会爱上他？我路过时快速瞥了一眼女子，一张黑衣男子的女版脸正深情地看着她的白马王子，我再一次相信了传说中的夫妻相。这世间的万事万物相生相克都是配好的。

很多东西必须靠时间来打磨。物质丰富、纸醉金迷、穿金戴银改变不了什么，没有文明的约束，灵魂只会变得更加肆无忌惮的猖狂。

说网络

昨日，有同事提起往事，让我想起了网络上经历的两件恶心事：有一段时期网络鱼龙混杂，各色人等利用网络空间的隐身和传播迅速，培植大量水军和马甲，肆无忌惮的攻击和造谣陷害无辜者。

我某日受邀参加朋友女儿的婚宴，因本人主持某电视节目沾点小名气，婚礼司仪嬉皮笑脸坐到我身边要求合影。我端坐与他合影毕。过一会儿这哥们又过来了，说刚才没拍好，需要重拍一张。

事后不久，有人告诉我在网上看到了我和别人的合影。我打开电脑，看到照片，想起了前几天婚礼那司仪。

照片里，他这坐姿，他这表情，明显是有备而来，所要效果就是我找的他合影。他发在网络上的文字："本来要找电视台某某来主持婚礼，后来新娘不喜欢所以找了我。"

更可恶的是，后面还搞一堆水军跟帖损我。事情虽小，但是这件事把人性的丑恶嘴脸放得极大，时过境迁偶然想起还肠胃不适十分恶心。

当年微博很热闹，实话说比现在微信好玩，但就是里面坏人不受监控，导致很多乱象。

某日俺看到一条博文，是单位某辞职人员发的，内容观点颇为偏激，明显有失公正。（注：这人在单位卫生间撒尿从不掀起盖板，尿渍喷得到处都是）俺在留言里说了几句公道话，对方可能听了不舒服，有几个疑似“马甲”和我发生了几句争论。

本以为这事不了了之。

没想到的是，大约过了半小时，网络里出现了一篇造谣帖子，指名道姓说我“当上台长将开除所有上海员工”。

更让人猝不及防的是，这个帖子被迅速转发，传播极速扩大，一小时的转发评论超过十几万。让一些不明真相的网友信以为真，他们个个义愤填膺，其中还包括几个有名有姓的滑稽演员，这事甚至惊动了市里领导。

真是滑稽啊滑稽，脑子是个好东西，可有时候就是不肯用。我一辈子丝毫没有当官的念头，我是开会都坐在角落的那个安静的人，在领导面前一棍子打不出个屁的人。我还当台长？还开除本地员工？我勒个去，这个谣言安在我身上太不像了，这么低级的谣言竟然还有人信了？

这个低级造谣太不靠谱，真正了解我的人也没几个会相信，幸亏领导智商高也不太相信，要不后果很严重。现在唯一的后果就是我想起来还十分恶心。人性在没有管控的时候会变得如此的肮脏不堪。

感谢如今网络干净了很多，城市环境干净了很多，空气干净了很多……感受到身边的进步，我毫不吝啬赞美之词。

每个人过去的经历都回避不了，不是我旧事重提，好像老忘不了过去一样，印象里好像有人批评过我。别误会，没把过去当成炫耀的资本，真的不是这样。只是把过去经历当成财富，记住昨天，就是为了激励更好的明天。

蒙娜丽莎并不美

昨晚有人问我：蒙娜丽莎美不美？我回答：丑死了。

我如今只说实话：我从来就没觉得蒙娜丽莎美过。我去过两次卢浮宫，挤在人堆里试图近距离看看蒙娜丽莎怎么个美法。因为大家都说美，我想应该美吧。可是我盯着看了半天，想不通她美在哪里？但又不敢说出真实想法，因为大家都说美。我说不美，担心会被群攻，会被人嘲笑不会做人没有情商。

从形体上，蒙娜丽莎脑袋过于小，身体过于大，肩膀过于圆，胸部过于硬，脸部过于挤，手部过于肉，到处都是缺点。

不仅仅是蒙娜丽莎，很多伟大的作品都丑死了。梵高画了一幅《海边的渔夫》，简直丑到爆。一个呆子站在海边，色调灰暗，线条简陋，还是一幅没画完的画。据说达·芬奇的蒙娜丽莎也没画完，要不怎么没有眉毛？估计画到一半，客户嫌画得太丑不要了。

艺术家和历史学家都在研究蒙娜丽莎的美，什么神秘的微笑，什么特殊密码，什么不凡的标记，什么画面背后的秘密……

我是个凡人，越老越喜欢凭直觉办事。直觉告诉我蒙娜丽莎这个女人笑得不但不美，还很复杂。似乎笑里藏刀。感觉她心里有什么阴谋：也许在仇恨隔壁那个小骚货勾引她丈夫；也许在嫉妒闺蜜又买了个大房子；也许在鄙视某个美女是个胸无点墨的花瓶。反正我看见她这张脸，心理发颤，有点害怕，不敢看了。

达·芬奇生在那个年代，敢这样子画画，倒是真的值得佩服。为什么？当时所有人都是上帝的子民，几乎所有画家都在画耶稣，画最后的晚餐类似的《圣经》里的故事,画伟大的神如何创世纪，你他妈的竟然画个丑婆子，你什么意思？想造反啊？

反正达·芬奇就这么画了。至于画卖不卖得掉，估计他也无所谓，他尊重顾客的选择。他就这么特立独行，他就这么本能骚动，他就这么挥洒天性，他就这么幼稚生猛。你们管得着吗？

杜尚比达·芬奇还任性，买了一批马桶，在上面签了个名字，然后宣布这是一件艺术品。我勒个去，这也太任性了吧！当时的人们啊，一下蒙圈了，这人想干什么？后来干脆懒得理他，连批评都懒得费口舌。如今，这批马桶，被命名为《泉》的伟大作品，在世界各大美术馆高调展览。

达·芬奇和杜尚没有强迫你，你觉得美就美，你觉得不美就不美。他们用作品来尊重每个人的内心感受和独立判断。蒙娜丽莎美不美不重要，你的内心感觉很重要，你独立思考的能力更重要。特别生在一个信息满天飞的时代，各种人都在嘚吧嘚吧想告诉你真相。可是，真理永远只属于少数人，属于有脑子有独立思考能力，不只看表面不听风就是雨的人。想到这里，我心里佩服得五体投地，这两个老家伙太老谋深算了。

“感觉对了，就去做吧”“不喜欢，就不要强迫自己”“别人说的，不一定正确”“你所看到的，也不一定真实”。木心说：元气，就是孩子气。伟大的艺术作品都充满了元气。元气，往往都很直接很真实。落实到个人，有了元气，就会拿着快意生命力和蓬勃感觉来生活、来做事情、来去伪求真。

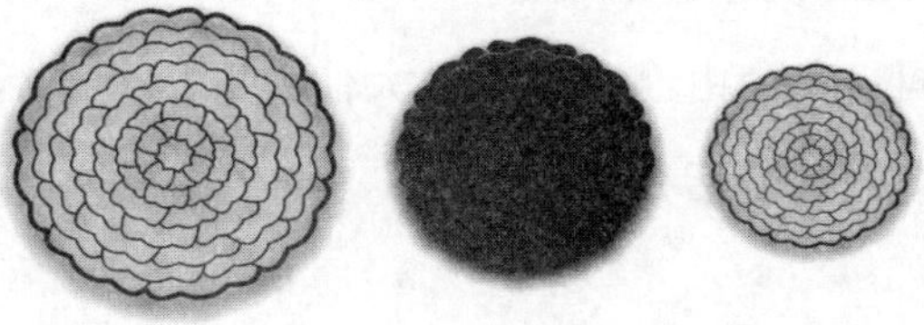

金盘子银盘子

我命由己不由天

昨天看了很火的电影《哪吒》，尽管我在动画片的音效里很容易睡着，但这一觉无比美妙。我此生印象里睡过最美的一觉，也是看动画片《极地特快》的时候，在童话的世界里美美地睡到电影散场。

记住了《哪吒》里一句经典台词：我命由己不由天。大仙说哪吒只能活三年，哪吒不信邪，命运要自己掌控，爱活几年就几年。

快到不惑之年，我辞职了。

这是我第十次辞职。前九次是为了找到更好的前途，这最后一次辞职是为了自己的内心。

这个年龄辞职，在很多人眼里这是自找麻烦，特别辞去一份在旁人眼里比较羡慕的好工作。

办完离职手续，跨出单位大门的那一刻，我感到自己似乎要飞起来。心里仿佛长了翅膀，迫不及待腾空而起飞向了那久违的广阔天地。

微醺，回到家已是深夜。小区到处出奇的静，喧闹一天的大楼已经酣睡。只有一楼大堂那盏惨白的灯光下，一位黑胖保安眯缝着眼睛坐在值班室里。

与此形成反差的是隔壁写字楼那些灯火通明的窗。万籁寂静的午夜，那些星星点点从窗户里透射出的灯光，远远望去能感觉到灯下有一群人在燃烧。

写字楼下的连锁超市是我常去的地方，更是我过去加班回家时透气的去处。我喜欢深夜来店里买点什么，偶尔和店老板阿欢聊个天。

“有什么新闻？买什么股票？中美关系发展得怎么样？”阿欢每次见到我总是这么几句车轱辘话。我总要绞尽脑汁，拿出自己独到的见解，免得让人家失望。当然，多数理论都是我翻着白眼珠子现编的。

阿欢是贵州人，过去曾经做过网络游戏公司的营销大拿。他说老家赚钱不容易，很早就出远门谋生。辛苦上班十几年赚了点钱，如今全投在了店里。他说话干脆实在，随和宽厚不做作。

阿欢很羡慕我的工作，每次看见我下午才带着一身的被窝味儿去上班，总要喊出那句经典：啧啧啧，人比人气死人，全世界最好的工作被你碰上了！

隔行如隔山，阿欢不懂我的心，心累比什么都累，体力劳动歇一歇就好了，心理疲劳再怎么歇都效果不明显。干的活，几十年如一日，我不敢说枯燥乏味，反正能坚持下来的都是神。我甘拜下风！

其实，我也不懂阿欢嘴里说的什么“开店容易守店难”。但是，从他黑黑的眼圈和高高的发际线里，我能捕捉到他过去和现在的艰难，看出了这老板背后的辛酸，钱不好挣。

深夜，来阿欢店里的顾客多数不轻松。楼上商务楼那些小伙子姑娘们，深夜进来直接要碗方便面，趴在店里的长条桌子上默默地吃着，吃完还得骑上一个小时的电动车，回到四环外的出租屋。

阿欢收拾桌子，看着他们远去的背影，似乎有些体谅心疼：他们其实都是吃青春饭的，过了 30 多岁还一事无成，就得灰溜溜回到老家去。

他们多数注定一场空。在这个拥挤的城市里，成功谈何容易！多数人奋斗打拼一辈子，也买不起哪怕仅供容身的一套小面积房子。

阿欢有俩孩子，可是没房子。没房子就不属于这个城市，虽然是老板但还是居无定所。我不方便问阿欢超市的收入，不知道他奋斗几年能在这个城市买下一套房子。

最残酷的是，就算努力买下了房子，对于两个孩子来说，上学成了大问题。没有这个城市的户口，很多事情不好办。老家有地的阿欢，心里想着未来大不了不行回老家算了。可是，他的孩子们从小生活在都市里，故乡再好，可是他们回不去，心里的阻隔远远高过他们老家的大山。

我拎着一桶水，和阿欢告别，准备回到我的窝里去睡觉。我碰上了一个好机遇，不费太多气力，在这个城市有车有房有户口有工作，按道理应该知足。可人心是个捉摸不定的怪物，过去苦苦追寻的，别人眼巴巴羡慕的，在我眼里变得一文不值。

我突然羡慕阿欢老家的青山绿水，我一点都不羡慕那些高薪体面的生活，我甚至闻到那股纸醉金迷的气息，都会感到全身像注射了麻药一样麻木呆滞。镜子里常常看到自己一张呆滞的脸，惨白木讷，毫无生气。

的确，细想起来，我过得不错，可为什么常常感到力不从心？一种活在虚幻世界里的茫然不知所措。周围的一切就像两种互相排斥的电荷，一碰就滋滋作响。

我望着楼下那座假山，感到它也是有灵魂的，我似乎感到它和我一样，有些茫然无措。唯一不同的是，假山注定在此了却余生，而我却可以自由选择。

有人说：人生最大的成功，是活出了自己，找到了快乐的秘籍，活得坦荡接地气。我认为，每个人追求不一样，不违心，就是好的。听起来有点鸡汤的味道。探索生命哲学，绝对不是鸡汤。

不论是老板阿欢，商务楼里的拼搏一族，还是这个城市那些成功人士……都没有绝对的成功或失败，不是吗？他们，也许功成名就，也许生不逢时，也许时运不济，也许背负枷锁，也许就此认命……得和失，在多数人的生命里无法精确算计，他们多数只是洪流中裹挟的那一粒微小的沙子，得之欢喜，失之无奈！有得必有失，有失又有得！

繁忙拥挤的城市里，人人信奉不进则退。不断有人来去匆匆，不断有人哭泣喧闹，不断有人苦大仇深，却鲜少有人发自内心的轻松微笑。

可是我们很多时候急于前行，却忘了去发现自己，关爱心痛自己，直到上天给疲惫焦灼的你按了暂停键。

假如是健全的暂停，这样的停顿是件很棒的幸事。因为我们停靠休息，是为了更好地在下一站上路。比命运完全失控要好得多得多。

幸亏，还有部分人坚定信奉“我命由我不由天。喊出了：不喜欢，那就干脆彻底颠覆重来。彻底改变，没有什么大不了的！”

最后送给自己的还是那句很土的话：人生很短暂，遵从内心。我的得失同样无法精确计算，我也懒得去算。但至少今天我再照镜子，那张呆滞的脸有了些血色，眼睛里有了光点。

致命的想象力

想象力可以是翅膀，让你我思想自由翱翔；想象力可以是魔棒，可以化腐朽为神奇；想象力可以点石成金，让你赚得盆满钵满；想象力可以是魔鬼，把你推入万丈深渊……

十分叹服爱迪生的想象力，他脑中电灯的念想给世界带来光明。非常崇拜卡尔·本茨的想象力，他脑中闪现的汽车灵感让我们日行千里。特别佩服爱因斯坦的想象力，他脑中浮现的全是物质不灭能量守恒宇宙法则……

文人和艺术家大多想象力极其丰富，对创作而言，这本是必须具备的优点，可一旦这丰富想象力与柴米油盐相交，那事情就糟糕透顶了。

“她的手上竟然满是油污，衣服上竟有孩子吐的奶！头发上竟然闪着油光！”这在普通人眼里再正常不过的人间事，可是到了想象力丰富的诗人这儿，就是破坏美感，甚至破坏感情的存在。

曾经有一位艺术家说到，有一天，天呐！我看到妻子牙齿上有一小片韭菜，从此，我对她就爱不起来了。

大文豪李敖跳起来喊：“胡因梦（台湾第一美人，他前妻）竟然便秘，在马桶上憋得满脸通红。”

某演员酒后说：卧槽！我早上醒来想和她亲热，看见女朋友眼角有一坨眼屎，我立马对那事没兴趣了。

文人多情，却也薄情。艺人的爱，听来是死去活来的浪漫，听听就算了，千万别当真。一场浪漫的婚礼，过不了几年爱情黯然退场。这样的例子还少吗？

我们别光顾着说艺人如何，普通人其实也一样，只是你的那些事没机会曝光而已。想象力像一双冰冷的手，随时卡住爱情的脖子。

今天这个日子，说爱情的风凉话确实不太好，会遭人嫉恨：你能说点美好的东西吗，大过节的，我们还等着今晚七夕节浪漫缠绵呢……

在此我衷心祝福，祝有情人终成眷属。但求求你们别秀礼物和打款记录，那东西容易触发我的想象力，物质的东西一旦上了台面来秀，怎么都觉得和爱情水火不容。你见过那些著名的大家闺秀文化人秀过房车打款记录么？喜欢秀的就是重庆保时捷女司机那样的主儿。

秀爱情最大的高手，就是什么都不秀。默默地爱不就完了吗，这是你们私事，为什么要全世界知道？男朋友送你五万块的表真的代表不了什么，明儿他也可以送别人十万块的表。你实在要秀，就秀结婚证，证明你有主了，断了其他追求者的念想。同时也断了对象的退路，免得他脚踩几条船。

秀得越多，去得越快。我都能想象今天是个什么状况，我也能想象明年的状况。万事万物都在变化。唯一不变的，是那份虚荣和所谓的爱的智商始终不高。

平平淡淡才是真。我们见到的最终携手走到底的情侣，绝对不是轰轰烈烈秀爱情的主。而是把日子的平淡过成诗，或者相互包容隐忍过一生。凭我的想象力，我都知道他们如何释然地面对现实，用一种韧劲去忍受柴米油盐平淡枯燥的生活。

张爱玲曾说过:“爱情如果不落实到柴米油盐吃饭睡觉这些琐事上，便是不能长久的爱情。”这话表面是说爱情需要生活磨砺，其实它真正表达的意思却是在说：“如果人在柴米油盐的平淡生活里不会表达爱，这样的爱便是不可靠的。”

为什么不可靠，因为没落实到柴米油盐的爱，多半是全凭想象和内心演绎，而非真正感情升华到亲情而成的爱。

法国作家普鲁斯特也表达过类似的想法，他说：所有陷入情网的人，爱的不是真实的对象，而是自己心目中虚构的对象，是自己的感觉本身。

人这一辈子，不论是虚幻也好主观感觉也好，至少要有一两次投入的真爱。爱过了，任务完成了，归于平淡了，或者坚守或者分开，这没什么不好，一切遵循内心，这是自然规律。

自然有它的规律。前面提到爱因斯坦的想象力，他发现了能量守恒。什么意思呢？就是世间万物都有能量，不论怎么变化，火烧啊土埋啊生吃啊红烧啊……物质的能量一点没消失，只是形态变了。爱情也一样，你真心爱过一个人，就会在世间留下了爱的能量。这股力量冲破宇宙时空，一千年以后，它还会在深空中回响，永恒不变的爱的回响……

神奇的傻子

我这么傻的人，如何在充满凶险阴谋的资本市场存活下来？这个秘密只有我自己知道。我本来也没打算说出来，因为说出来容易被聪明人嘲笑：你这个傻子，又在说傻话。

可是，傻子往往心里藏不住秘密，守住秘密的都是聪明人。傻子才不管什么什么逻辑什么规则，想说的时候呼呼呼就说出来了。

永远记得一哥们儿早年意味深长地看着我道：傻人有傻福。哥们说这话不是空穴来风，必有他的逻辑根据。那时我刚谋到一份体面工作，出乎所有人的意料，这个傻子竟然能进这么好的单位？那些聪明人痛苦极了，心里百思不得其解，心想我们这么聪明，我儿女这么优秀，怎么就不如个傻子呢？

有些聪明人为此茶饭不思夜不能寐，“不行不行，我们聪明人不能容忍傻子占了上风……”某个聪明人花了一小时时间，很快写了一封揭露真相的信，以最快的速度寄给了傻子的领导：“领导，他是个傻子啊！你们怎么能用傻子呢？”

傻人有傻福。没有几个聪明人在乎傻子，老天爷在乎傻子。傻子不知怎么搞的，那天就想助人为乐，帮一个正忙着的同事去收发室接收当天的报纸和信。突然，傻子看见了一封从十分熟悉的地址寄来的信。傻子除了觉得奇怪，没往别处想，回到办公室把这事和聪明的同事说了。聪明人立刻觉得不对劲，建议傻子别再犯傻了，必须得采取果断措施……看到信的内容那一刻，傻子一下子吓傻了。

傻子从小就遭人欺负，反正傻子傻，被人欺负了，多数时候还把人当朋友。傻子不懂人间的规则，经常干些被聪明人引到沟里的事。傻子开始有点钱了，想买车了，跟聪明人学习驾驶。聪明人每天看着傻子就乐，建议傻子拿到驾照赶紧买辆二手车练练手。那天，傻子前往聪明人约定的二手车市场，远远看见聪明的师傅乐呵呵蹲在门口，“师傅你怎么提前来了?”傻子有些不好意思。聪明的师傅带着傻子转了一圈，指着一辆油光锃亮的车“这车不错。”“就买这车了。”傻子没多想，只想着听师傅的，掏钱买下了这辆车龄十五年的“姥爷”。

傻子有车了，开始嘚瑟了。开着那辆“姥爷”参加单位聚会，拉满了一车聪明人同事，奔驰在空旷的乡间公路上。很快，看见前方有一辆单位车龄十四年的“姥姥”，那是单位领导的“专骑”。这时，车里的聪明人开始骚动，七嘴八舌夸赞傻子的车好，比前面那辆“姥姥”好多了，大家异口同声地说：追上去，超过去，踩油门……傻子的情绪一下子被激活，不顾车子剧烈颤抖，猛踩油门，很快超过了“姥姥”，还得意地摇下窗户朝“姥姥”打了个漂亮的手势。傻子的车很快到达目的地，等了好一会儿，慢悠悠的“姥姥”才到。领导从姥姥车里下来，拍了拍傻子的肩膀说：“你真是个大孩子。”

回程的路上，傻子的车里继续坐满了一车聪明人。开到半路上，突降瓢泼大雨，不一会儿，傻子听见后座聪明人惊叫连连“哎呀妈呀！你的车漏水啦!”傻子回头一看，绝望地看见聪明师傅推荐买的“姥爷”车是个大漏斗，哗哗的流水声盖过了轰轰的发动机声。一车的聪明人无人幸免，一个个被淋了个落汤鸡。傻人有傻福，彻底丢了面子的傻子，丢了面子没丢财，竟然把车原价转让给了下一个傻子……

领导还有一次拍傻子的肩膀说你是个大孩子，那是傻子听从聪明同事的建议：发票报销单子不用填金额，直接找领导签字。领导先是怀疑傻子的动机：你想等我签好字自己填金额？想填多少就多少？等明白事情的原委，聪明人领导满脸堆笑拍拍傻子的肩膀："做事用点脑子，大孩子。"

傻人有傻福。多数时候，傻子遇事神奇般地得到化解，事后连傻子自己都觉得不可思议。买了房子就狂涨，卖了股票就狂跌，离开座位就飞石，事到临头突转机……化险为夷的事多了，天降好运多了，傻子把这事归结为老天保佑。其实，除了那个看不见的神，那些善良人就是傻子的保护神。傻子再傻，也知道哪些人是帮过自己的普罗米修斯神。

"自助者天助""助人者，人恒助之。"著名的傻子梵高，没有一个人正眼瞧他，上天安排一个好哥哥助他。著名的傻子爱因斯坦，七八岁了还不会开口说话，所有人都嘲笑他是个白痴，上天给他安排了一个不同凡响的脑袋，比所有人都聪明的脑袋。

傻人有傻福。最后傻子按捺不住想揭开文章开头说的"炒股为啥不亏钱"的秘密——每当股市要大跌，傻子的左眼皮不停地跳动，傻子立刻卖出；每当股市要大涨，傻子的右眼皮就不停地跳动，傻子立刻就买进。就这么简单！

假如你真信了，你也是个大傻子……

弱者的故事

我们喜欢用好的或者坏的去评判这个世界的人和事，世界没有这么简单。世界并非非黑即白，还有中间灰色地带。

人们习惯站在自己的角度思考问题，换一个角度，将心比心，也许理解就会不同。

假如你是强者，又没有经历过弱者的遭遇，你眼里的世界只有强者。

也许你是“90后”“00后”，多数无法理解“60后”“70后”当年的窘迫。

有些错误表面看错了，可是究其原因，充满着道德矛盾。不同的人看同样的问题，得到的结论又不甚相同。

“文学作品中，常常表现一片难用是非善恶来准确定性的朦胧地带。”幸亏，这个世界还有人文关怀。

下面两则故事，都是真实的故事。在我的心里充满了辛酸和苦涩，在旁观者你的眼里，是同情呢，是嘲笑呢，抑或是道德审判呢？权力在您的手中。

阿甘正传

小时候，老是听邻居们说那个住坡上寡妇家的儿子没屁眼儿。我才八岁，心里十分好奇，她家的儿子竟然没屁眼儿？

至于为什么没屁眼儿，大人不许小孩子问。“快去看书，小伢子不许打听大人的事。”大人眼睛一瞪，我只好闭嘴。

可是，心里的疑问一直挥之不去。好几次放学，我和小伙伴们偷偷跟在寡妇儿子身后，想看看没屁眼的人到底什么样儿。最后自然没什么结果。

寡妇家有四口人，两个孩子加一个残疾婆婆。寡妇整天在忙，永远能看见她在坡上忙碌的身影。寡妇的小儿子永远穿哥哥的旧衣服。寡妇家锅里永远是三分之一的大米煮三分之二的南瓜或红薯……

有一年大雪，寡妇家的厨房塌了半边，随后街上粮管所的那个黑胖子男人来到了坡上，帮寡妇重新搭起了塌陷的房子。邻居们窸窸窣窣偷偷议论了好几天。

物资匮乏的年代，管粮食分配的是个满面春光的人物，谁碰见他都得满脸堆笑装出一副很熟的样子。他是那个年代少有的胖子。当年的胖子很威武霸气，永远要故意腆着个大肚皮，根本不舍得减肥。

后来听说粮管所的黑胖子调走了，后来又听邻居们议论寡妇偷别人家地里的萝卜被抓住了，再后来就听说了寡妇家的儿子没屁眼儿……

几年后，寡妇一家突然搬走了，大家都说寡妇去找那个黑胖子男人了。具体情况谁也不清楚，只是发挥着各自的想象力。坡上寡妇家的木板房子，在一个风雨交加的夜晚，彻底垮塌了。

若干年后，寡妇家垮塌的房子上开满了洁白的野花。

刘老师

“哎哟，你听说了吧！刘老师偷茶籽被人抓住啦。”当有人告诉我这个消息时，我惊讶得目瞪口呆。

刘老师怎么会去做小偷？我心里极度难受挣扎，一个小学生断断无法接受这样一个现实。

老师在孩子心里充满着光环。刘老师是我们的语文老师，上课永远充满激情，常常用他那带着安福口音的嗓音高声朗诵着诗文，一双有力的大手在黑板上写下一个又一个陌生的正楷字……刘老师和孩子们的学习互动是欢悦的，知识的力量在教室里肆意蔓延。

刘老师真的是小偷？我晚上躺在床上，辗转难眠。我想象着第二天一早去上学的情景，不知道明天刘老师会不会来上课？我很怕再见到刘老师，我甚至都不敢去学校。

刘老师家就在学校附近，黑黑的泥砖房子有些老旧，他家有很多孩子，一位干瘦的老人永远坐在门口晒太阳，肺部发出一种春天虫子鸣叫般的声音。刘老师家屋前屋后全是菜地，放学后经常能看见刘老师穿着一身补丁衣服在菜地里忙碌。

刘老师有一身没有补丁的蓝色卡基布中山装，每次上课，刘老师总是扣上蓝色中山装的每一粒扣子，神采奕奕走上讲台。刘老师在我心里是最帅的老师。

刘老师绝对不会是小偷。我恨那个抓住刘老师偷茶籽的人。刘老师肯定不是在偷茶籽，应该是在捡茶籽，一定被人误会了。上课时，刘老师经常捡起地上的短粉笔，直到粉笔碎成粉末无法再写字。刘老师肯定可惜掉地上的茶籽浪费，所以才捡起来拿回家榨成茶油。

很多年后，我偶然路过刘老师家，黑黑的土砖房子门口，坐着一个干瘦的老头，穿着一件褪色了的蓝灰卡基布中山装，每一粒扣子依然扣紧，肺部发出春天虫子般的鸣叫。

我看出了老头脸上的轮廓，那是我们的刘老师。我站在他面前，使劲朝他傻笑。老头瞪着一双朦胧泛白的老花眼，也朝我微笑……

我至今不相信刘老师偷过茶籽，他只是捡起了掉落的茶籽。我至今还恨那个抓住并传播刘老师偷茶籽的人。

往事如烟，真想大大拥抱一下刘老师。

好人王福贵

“王福贵的老婆跑了。”一夜之间，这个惊人的消息传遍大街小巷。

左邻右舍一帮男人聚在一起，义愤填膺，商量着分头去抓这个无情无义的女人。

王福贵的老婆皮肤白皙，身材高挑，是当地有名的美女。当年王福贵能娶上这等姿色的老婆，馋煞了无数内心燥热的男子。

王福贵乐善好施，人称现代版的宋江及时雨。可是，这种助人为乐的品质却给他带来了灾难。

一次，一帮孩子在河里戏水。其中一个小孩见王福贵走过，假装溺水在水底挣扎。王福贵见状，毫不犹豫一头扎进水里救人。

可是，悲剧在王福贵扎入水中的一刻发生。因为河床很浅，王福贵的头部重重地撞在了河床底部的岩石上。从此，王福贵瘫痪在床。

王福贵成了当代好人，报纸电视争相报道，捐款捐物纷至沓来……热闹了一阵后，王福贵的病榻前归于平静。

王福贵的老婆成了护理员，每天端屎端尿，每天擦拭按摩，期待着在王福贵身上能发生奇迹。

奇迹没有发生。三年后，面色蜡黄的王福贵老婆突然消失了。只留下一封期待亲朋好友和民政福利部门照顾的言辞恳切的请求书，以及一份离婚协议，还有一张余额仅存不多的银行存折。

王福贵的老婆从此一去不返，她的面貌在人们的传说中变得丑陋不堪。

半夜鸡叫

我十七八岁时总是感到饥饿，为此，偷鸡摸狗的事也干过。年轻嘛，那个物资匮乏的年代，眼睛里有太多对食物的渴望，多多少少干过一点混事儿。谁没干过？没干过的，只能说你的人生太幸运了！

半夜一帮人摸黑出门，感觉一个个身轻如燕，一身短打就差蒙面了，鬼鬼祟祟潜入城郊接合部村里。万籁寂静，偶尔能听见几声蛐蛐叫或者蛙鸣。

我们的目标很明确，就是农民家养的鸡。这是那段穷困学生日子最好的营养来源。过去的鸡都粮食饲养，没人用饲料添加剂。因此，鸡肉极为鲜美，特别是那鸡汤，三碗下肚，早晚上课从来不打瞌睡，眼睛里放着亢奋的光。

午夜，我们摸索着来到民房前，仔细观察主人是否睡熟。确认安全，众人的目光开始探索鸡笼的位置。我们当中有一哥们儿，有农村生活的经验，他能准确判断农家鸡笼的方位。一般鸡笼会放在杂物间窗下，一来远离生活区防止臭味熏天，二来可以避免人畜混居又饲养方便。

怎样把鸡弄走？这是个巨大的难题。有人刚把手伸进鸡笼抓鸡，群鸡吓得一阵喧嚣，心想怎么进来一只黑手？想象一下你睡在床上，突然窗户里伸进一只巨大的怪手，你害不害怕？被抓住那只直接开始嘎嘎嘎尖叫，吓得我们几个连忙退出十几米在墙角躲藏。

屏息凝神注视民房，心跳在几个黑影间回响，双眼死死望着卧室窗户，看看房主有没有被惊醒。片刻，一切归于平静。

鸡肉的鲜香，完全控制了我们的身体。在那个年代，吃肉，是何等的重要，诱惑力远远大于“00后”们对mm豆的渴望。我们也想做个乖乖小鲜肉，可是，身体对能量的渴望，化作万千馋虫，在我们体内频频作乱。

“妈的，干脆把鸡笼抬走算了。”不知谁在深夜里发出一声帅爆了的声音。大家一阵窃笑，我直接蹲下垂地闷笑。“好，就这么干。”大家达成共识。

一声短暂沉闷的响声过后，四个人一人抓住一只角，抬起那沉重的木板鸡笼，快步消失在夜幕里……

学校楼顶的排水管道，阴凉通风，成了藏鸡的宝地。可怜的鸡公鸡婆们，个个被石头砸头夺去了宝贵的生命。人是地球上最坏的东西，坏透了。肆无忌惮主宰着其他生物的命运。

往后几天，清炖，白切，红烧，盐焗……几个毛贼想着法子把鸡烧得美味可口。那几天，邻座的女同学时不时咽口水，她说似有似无老闻到一股土鸡汤的味道……

第二天一早，远处骂声刺耳。早起的农妇绝望地看见自家的鸡笼消失得无影无踪……

几年以后，长大了的我渐渐懂得了一些事理儿。每次去农贸市场，看见蹲在街边卖农副产品的农民伯伯农民大婶儿，总要照顾他们的生意，并且从来不还价……

往事不堪，向那一笼鸡表示深深的歉意。

在冷雨中呼唤

黑夜完全渗透到秋凉的寂寥中，我窝在屋檐下一个巨大的圆木桶里，两条稚嫩的小腿蜷缩着。起了一阵清风，吹在脸上凉飕飕的。随后下起了阴冷小雨，细碎的雨滴飘进了我的脖子。

我闻到了木桶的味道，那是金色稻田丰收后的芳香。我得到了某种安慰。很快，我和木桶里的芳香打成一片，我回忆着和田园沃野所发生的许多欢悦，我不知不觉竟然笑出了声。

我突然意识到了什么。我赶紧收住笑声，生怕引起别的什么东西注意，我也不知道那是什么。我天黑之前才寻到了这个安身之所，这个寂静的粮仓有个大大的屋檐，屋檐下有个大大的圆木桶，我成了木桶里暂时的主人。我躺下不久，黑暗就吞噬了一切。

周围静得出奇，我只能听见自己均匀的呼吸声。我并不害怕周围的漆黑，我对黑暗有种莫名感动，他给我织就了一张厚厚的保护网，把我和那些东西隔离。

可惜，夜幕无法隔离寒气。每次起风，细雨不留情面地侵占我屋檐下的领地。我整个身子缩小了一半，挤在了木桶那片小小的干燥区域。我摸了摸衣服，还是有些潮湿。我心里哀求着那些讨厌的细雨，别再得寸进尺侵扰我的领地。

我突然想念外公家的木床了。外公家雕花木床上，有个厚厚的褥子，高高的荞麦枕头，被子上有太阳的味道。睡前，外公常常给我讲故事，都是神仙的故事，故事里的仙桃让我垂涎欲滴。有一次深夜，外公忙碌完回到家，摇醒了熟睡中的我“文伢子，文伢子，快起来快起来，公公给你带仙桃回来啦。”我一骨碌爬起来，定定地望着外公手里的仙桃，随后哇哇大叫捧着这颗鲜红的“天上宝物”欢悦了很久很久。那一晚，我梦想成真，一夜酣睡香甜。

雨还在不停地下，屋檐上开始滴水，我的思绪回到了现实，我睡在冰冷的木桶里。我知道我为什么睡在这里，我还清楚记得每一次睡在那里，也知道下一次还会睡在附近的哪里。一个小孩子，最简单的怀念方式，就是睡在深爱亲人生活过的这里。

得知外公走了，我感到天塌了下来。唯一深爱过我的人逝去，我第一次刻骨铭心地感受到了残酷的生离死别。再也没人给我讲神仙的故事，再也没人深夜给我带回红红的仙桃，再也没人毫无原则的满足我所有的愿望……

雨总算停了，微风像是抚摸，滴水像是歌谣，木桶好似摇篮，我朦朦胧胧中有了睡意。忽然，我感到眼前有个亮光在不停闪烁。我睁开眼睛，看见木桶黑暗里忽闪忽闪跳跃着一盏绿莹莹的光亮。哎呀！萤火虫，我很快认出了这个不速之客。木桶里的世界立刻灵动起来，黝黑里这盏小小的灯火，让死寂的黑色退却了不少。“嘿嘿，小东西，你是来陪我的吗?”我慢慢伸出手掌，想和萤火虫来个亲密接触。没想到它不领情，一阵躲避，划过几道绿莹莹的弧线，消失在木桶上的天空里。

不知不觉，我睡着了。后来我做了一个长长的梦。梦见了一位慈祥的叔叔来到木桶前，推醒了熟睡中的我：“文伢子，快起来，你外公让我接你来了。”我迅速爬起身，轻盈地跃过木桶高高的围挡，小手拉住叔叔温暖的大手，顺着一条白色起伏的小路，我看见路的前方有一栋亮着橘色灯光的房子，路的两边到处是绿莹莹飞舞着的萤火虫……

我跟着叔叔进了一座小屋，屋子里正烧着红红的炉火，炉火上的锅里冒着热气，热气裹挟着肉香钻进我的身体里。我感到有些饿了，我盯着冒着腾腾肉香的大锅直咽口水。叔叔笑眯眯看着我，然后用温暖的大手摸摸我的脸：“是不是饿啦？那我们这就开饭吧。”

我爬上高高的木凳子，坐在慈祥叔叔的对面，望着一桌子美味佳肴乐不可支。我突然闻到了辣酱的味道，我看到了碗里那熟悉的深红色，这是外公最拿手的鱼味黄豆辣酱。我惊讶地望着叔叔，很想问问他怎么会有我外公家的辣酱。不知为什么，我始终发不出声音，我焦急地等待我声音的出现。

叔叔似乎看出了我的心思，但他一直笑而不答。叔叔夹起诱人的炖肉，蘸上喷香的辣酱，放到了我的碗里。我又感受到了幸福的味道，一种久违了的味道。外公的房子卖给了别人，连同那个房子里的物品和记忆一起卖了。那些珍贵的温馨气息，从此远去不会再回来。

我突然听到门外有脚步声，我还听到了熟悉的咳嗽。绝对不会错，这是深深刻进我记忆里的声音。外公来了。我想跳起来欢呼雀跃，我想呼叫外公，我想去给外公开门……可是我依然喊不出声，我也站不起来，我感到腿很麻木毫无知觉，我使劲在那挣扎。

“咚咚咚…”我听到了敲门的声音，我想一定是外公在门外，我要冲出去迎接他，我无数次以这样热烈的方式迎接他。“咚咚咚……你怎么睡在这里啰?”一声震耳欲聋的断喝，我彻底醒了。我睡眼惺忪地坐了起来，看见一圈人围在木桶的周围，一脸疑惑地望着我。我脑子里立刻联想到了掉进猎人陷阱里那头惊恐的梅花鹿。

我懒得跟围着我的人解释，我不想搭理他们，我十分懊恼，他们无情地打断了我的美梦。我望向远处，山坡下那栋灰色的房子，屋顶上冒起了一缕炊烟。我看见房子被彩霞包围，一个老人牵着一个小男孩的手，正欢快地在朝霞中漫步……晨光绚丽，百鸟齐鸣，一切又鲜活了起来。

格子西服

我很喜欢穿格子西服，就如喜欢别人叫我“阁子”“阁阁”一样，我和格子、阁子似乎特别能够混到一起。

格子服饰有特别的属性。格子西服特别合上海的气场，假如把上海比喻成一个人，一定是一个有沉稳气质的中年男人，或是一位有着雅致气质的中年女人。他们衣橱里那件格子西服或格子大衣，一定是出门最常穿的行头。

那一年，大上海灯火璀璨，小旅馆里一个青涩男孩盯着电视机屏幕，兴致盎然地看着穿格子西服的播音员。播音员神采飞扬的声音与他身上那件派头十足的格子西服，深深刻进男孩对上海的记忆里。

“您好，买一张去上海的车票。”男孩变成了男人，他成了上海的一员，即将开始新的职业生涯。在走上工作岗位的前一天，他特意买了一件格子西服。

在内在价值还暂时无法融合的时候，外在因素先改变起来。这是对一个移居城市最大的诚意。格子西服，就是我献给上海朋友们最大的诚意。

包容是相互的，尊重是互相的。入乡随俗不应是一句空洞的话，而应是一件件落实在细微中的行动。你尊重了别人，别人没有理由不包容。就如微笑是人间最棒的通行证一样。

格子图案互有联结，相互依存，同时又相对独立。格子图案好似一个社会整体，每一个格子好似个体或家庭，有了规矩，照顾彼此，才能成方圆。

上海是中西合璧的城市，服饰带来的影响不可忽略。最经典的格子服装来自遥远的英国，一个为世界立下许多规矩的国度。英国人创造的BURBERRY 巴宝瑞的格子图案久盛不衰，一个为稍有年龄感的男人女人独创的品质保证典范。

假如说大牌不太亲民，如今时尚潮流范十足的格子服饰充满了各类服装店。只要你够用心，只要你会搭配，只要你追求独特别致，不论格子衬衣、格子西服、格子大衣，也不论你是青年、中年、老年，一件恰到好处的格子衣服，都能穿出潮范儿、经典范儿、成熟稳重范儿……

都说格子元素经典复古，我看格子元素不乏时尚潮流。经典加上潮流，总是恰到好处地让你变得很美。每个人根据自己的身材和气质特点，用心去选择一款适合自己的格子，大格子还是小格子，浅格子还是深格子，宽松版格子还是紧身版格子，不同的格子，就能神奇般地打造出经典、公主、学院、职业等等风格。

深秋和冬天，是特别适合穿格子大衣的季节。深沉的季节里，一件厚重的格子大衣，总能把大自然的神奇气息转化成为一道美丽风景。

上海的秋天越来越美。我和这个城市 19 年的缘分里，我能迅速捕捉他细微的变化，能够听懂街巷深处那特有的语境。

巨鹿路、安福路的法国梧桐下，大剧院、音乐厅的银杏灿黄里，华山路、复兴路的色彩斑斓中，身着一件格子西服或大衣，你就是街上最接地气的靓丽风景。

每一条街道是有气质的，它的气质来源于街道上的建筑和植物以及它的独特历史。每一件服装也是有气质的，它的气质来自布料的质地和裁剪。

一块好的布料，自带着高贵的灵魂，这份高贵典雅通过服装设计师的手，神奇般地诞生出了新的灵气，让每一个拥有它的人大放异彩。

这个深秋和冬天，我想拥有一件质地优良的格子大衣。你呢?

白衬衣

白衬衣，夏天最美的着装。看似简单的白衬衣，可以是职业的、高贵的、时尚的。夏天千万别忽视这件看似简单的白精灵，用心爱她，将“衬”出你的魅力。

我第一次被白衬衣的美震撼到是各位意想不到的地方：朝鲜。车行平壤单调的大街上，突然车窗外三个身穿白衬衣的朝鲜高中生在路上行走，洁白的衬衣，配一条灰色的裙子，齐耳短发，干净明亮的脸庞，青春气息扑面而来，把那种纯洁的感觉发挥到了极致，让人过目难忘。

在一线城市的CBD，各种高档商务楼里的“白领”，严谨深色外套下面最突出的搭配就是白衬衣的领子，那是一种无声的宣言，体现出的是一种非凡的领导能力、工作效率和精干风采。

“白领”繁重的工作往往会带来巨大的压力，使他们脸色黯淡，时常显得精神不振。但是一穿上白衬衣，会惊讶地发现，你一下子变得容光焕发了。因为白色是最包容的颜色，而且白色可以衬出你白的皮肤、黑白分明的眼睛、黑黄的发色，使你看上去炯炯有神。

我始终觉得，中国需要一场服饰革命。恕我直言，走遍全世界，部分中国人还不太会穿衣服，包括一线城市的少数人，看似用心打扮，可搭配得莫名其妙，身上丁零当啷太过复杂。有时更多的是劣质的料子和糟糕的色彩。所以有人调侃，在国外大街上很快就能识别大陆人。怎么识别？除了气质，就是服饰。不过，目前绝大多数年轻一代有了很大改观。

白衬衣是最挑气质的，看起来色彩单一，就如一块白屏幕，极为放大穿着者这个主体本身的光彩，你是什么气质就将放大什么气质。但是白衬衣没有年龄歧视，任何年龄段的男女，只要你架得住这份纯白，她就回报给你光彩。

任何服饰的考究除了色彩、设计那就是面料了，料子的质地太重要了，好的料子是有灵魂的，质地好的面料所散发出来的光泽质感也是一种无声的宣言，告诉别人你的品位与众不同。白衬衣更讲究面料的质感，那种线条纹路挺立的感觉，折射出你的高贵典雅。一件料子皱皱巴巴软软塌塌发黄的白衬衣，劝你一秒钟都不用犹豫扔了它。

佛靠金装，人靠衣装。不论男女老少，花点时间研究一下衣着吧，最简单的定本时尚杂志，看看书上的人怎么穿。衣着看似属于个人的事，走在大街上，就是公众的事了。衣着得体高雅，最起码会得到别人的尊重，而不遭人嫌弃。不是吗？

男人的衣橱

恕我直言：我们身边的男同胞80%不会穿衣服，或者自认为穿的得体其实存在较多问题。服装是人类文明的重要标志，女为悦己者容，男为尊己者貌，作为一个堂堂男子汉，得体的衣着代表着你我的尊严。

邋遢的男人毫无尊严。走在路上或者在公共场合，没人盯着你细究问你的学历、职位、成就，也没人看到你住什么房开什么车拥有多大的财富，最直接看到的就是您的仪容举止。

怎样的仪容举止会得到别人的尊重？在服饰上，男人不同于女人。女人可以尝试很多的造型和款式，而男人讲究的是一种固有的形式和标准，这些标准化的服饰礼仪约定俗成，全世界统一并认同。

男人可能因为社会环境或性格问题，有些不太注重衣着打扮，有些不知道怎么穿才能到位得体，有些穿得不伦不类十分离奇古怪。因此，有些男人依赖家有懂我知我的好妻子。避免丈夫在外不因为衣着不当而丢脸，部分妻子主动担起了这个重要的责任。

靠人不如靠己。西方男士就很懂得捯饬自己，他们把通行的那套男士衣着标准摸得滚瓜烂熟，春夏秋冬各款行头井井有条陈列在衣柜里，根据每天的活动内容信手拈来合适的衣服。除了标准，有些男士也会根据心情和场合，做一些小的创意搭配进而达到最佳效果。

男人的仪表第一要务就是保持干净清爽大方。不论年龄高矮胖瘦，干净是一切男士的重中之重。首先一定要修理清洁好自己毛发，包括头发、鼻毛和胡子，任何四处飞舞、油光黏结、头皮屑无数的毛发都给人不修边幅的感觉。

喜欢抽烟喝酒吃肉嗜辣的朋友，口腔和身体容易产生异味，勤漱口勤洗澡可以祛除部分异味。但在社交场合，经常与人近距离交谈，去除残留异味怎么办？准备一盒口香糖或含片，事先做一些清洁工作还是必不可少的。

戴眼镜的男士，千万要记得经常擦拭自己的镜片。我经常看到一些朋友眼镜片上充满一层厚厚的灰尘，这立刻暴露出来某种邋遢和惰性。看似细枝末节的小事，去面试去约会去谈合作也许会影响到大局。

男人要有男人的样子。阳刚之气永远是男子最重要的身份标识。除非有特殊癖好的人士，男士忌讳穿得花里胡哨阴阳怪气。

时代不同，服饰上有些许标新立异无可厚非，但最好别混淆了性别，或者给人带来某种误会。比如耳钉戴在右边。

记得我在读书的时候，班上有个别男同学喜欢穿奇装异服，每当该同学穿一条红色或粉色带字母的牛仔裤，德高望重的老教授总要语重心长地说：男人要有男人的样子！

男人的样子靠什么来打造？除了永不言败的刚毅性格，我们就来说说全世界通行的服饰标准。

好的服装面料是有灵魂的。男人的衣服不在多，而在于服装的品质。品质靠什么来呢？第一靠优质的面料，男人衣服的质地永远是第一的。第二靠裁剪，一针一线的精细透露着高级。

过去大户人家的男子都有专门的裁缝师傅定制衣服，那些度身定制的衣服穿在身上确实能提神。佛靠金装人靠衣装，一件质地优良裁剪精致的服装确会让穿着者熠熠闪光。

我们经常在一些聚会现场看到，不论男女老少，一个人的形象，跟他的服装有太大的关系。钱永远不会去错地方，质地优良的面料就报答你或优雅或高贵或潇洒。

男人服装既然面料裁剪如此重要，没有合适的定制裁缝怎么办？那就选择现成的服装精品。那些闻名世界的名牌，都是经过长期沉淀的，他们往往是品质的保证，所以追求名牌并不是件坏事。去观察一下哪些大牌适合你或者你喜欢，确定好了以后就钟情于它。

有人说我没钱，买不起名牌衣服。我想说的是，男人衣服在精不在多，一件优质的品牌衣服你可以穿五年甚至穿十年。老去买那些皱皱巴巴的衣服，两年就洗得没了原形，哪个更合算呢？

男人的衣柜，在保证品质的前提下，我们可以规划一下，到底选购哪些款式和颜色合适自己。根据自己的职业、气质、喜好和个性，可以灵活掌握。

通常来说，男人的正装是必不可少的。出席各种重要活动，参加各种聚会宴会，观看各种文艺演出，或者参加单位面试和商务活动，都需要穿正装。

男士正装其实就是指西服或燕尾服。我们多数人没有穿燕尾服的习惯，不像西方人看演出，他们认为进剧院不仅仅是看演出这么简单，而是一种高雅的社交活动，穿着华丽是应该的。所以他们常常穿一身燕尾服打领结款款进入剧院，冬天再配一件黑呢子大衣，一条白色的长丝巾，一顶考究的礼帽，在大剧院璀璨的水晶灯下优雅地落座鼓掌……

我们不习惯燕尾服，装备两三套西服是必不可少的。一套正款深色西服，两套休闲西服；五六件衬衣，浅色、条纹、淡蓝色各两件；两双正款皮鞋，一双正式系鞋带的配正装西服的，一双稍显休闲的来搭配休闲西服的；领带三四根，深色的，浅色的，条纹的、格子的，根据西服的颜色来搭配。深浅的裤子若干；中筒黑袜子若干双。

需要注意的是，出席庆典等重要活动，穿深色正款西服打领带别超过皮带，领带往上锁紧别松松垮垮，穿深色正装千万千万别穿一双白袜子，白袜子只适合穿一身运动装在外面打球玩乐的时候配白球鞋的。

另外不宜穿短筒袜子配正装，应该穿深色中筒袜子，免得坐下或抬脚的时候看见露出的皮肤，没有比在重要场合跷腿时露出腿毛更让人尴尬的事了。

我过去很怕看各地方新闻，因为担心我们的县市领导们在接见外宾的时候穿一身肥大不得体的西服示人。通病就是西服袖子宽大长出衬衣袖口，有的把整个手掌都盖住了，最羞人的是黑西服配一双白袜子，领带太长都到裆部了，皮带扣上若隐若现能看见某个 Logo……建议政府部门秘书处常设一个礼仪人员，如今对外交流日益频繁，着装细节还是很重要的，事关领导的威严。

正装领带的搭配也很重要，应该根据西服和衬衣的颜色来搭配。深色西服当然配颜色浅一点的和谐，出席喜庆活动当然配一条颜色鲜艳的一点的好，衬衣有图案当然配单色的领带好。求求男士别穿一身西服去旅游，在青山绿水间，放飞自己的灵魂还是穿休闲服适合。

男士休闲服相对选择要多一些，根据自己的职业特点和气质形象来选择适合自己的风格。扬长避短是需要考虑的，服装要穿出美感和气质，除了以上说的优质面料裁剪，另外根据自身的特点穿出味道、掩盖缺陷等等也是很重要的。

比如头大的人，就不要选领口小开口小的上衣。腿短的人就不要选择太宽松的裤子了，而应选择稍显紧身的裤子……

如今中式服装在款式设计方面有了很大的变化，我认为至少在美观性和时尚元素上有了很多融合。中国男子穿上中国风格的华美服装，当然是一件令人开心又骄傲的事情。

最后想说的是，有些品牌服装不知怎么搞的，竟然使出了一个很低劣的手段来满足顾客的某种心理，就是把他们的 Logo 十分显眼地印在衣服上，让穿着者走在大街上显得十分的轻浮和庸俗。

哥们儿，我说的不全对，我也在努力学习中，我们一起进步吧，让全世界都为中国男人的样子鼓掌着迷。

金子啊金子

人类从来没有如此地崇拜一样矿物质，并给它取了一个好听的名字叫“金子”。

金子般的世界，金子般的光芒，金子般的美丽，金子般的力量……人类用一切辞藻来赞叹金子。

今天股市在内外交困中，2900多只股票全面跌停，除了抗冠状病毒的医药股，只剩下黄金股一度翻红了。金子般的力量显露无遗。

送礼送金子比送什么都显得牛。送给谁一坨金子人家保证记你一辈子。金子在人们的眼里一度导致失去理智，芝麻开门吧的童话最刻骨铭心是那满山洞的金银财宝。

不知从何时开始，人们开始嫌弃金子，把佩戴黄金的那部分人视为老土，谁要是脖子上戴根大金链子，就会被人冠上“山炮”“土鳖”的恶名。

当你们都在嫌弃金子的时候，有人偷偷地储存金子，并发疯似的寻找金矿，甚至还招募了“黄金部队”来探索黄金和保护黄金资源。

世界上没有任何一个国家的政府不嗜金如命，黄金储备成了一个国家或政府必备的保值或避险手段。你去问问任何国家的首脑：你最想储存什么？回答一定是：金子。

世界头号大国美国，一度把黄金与美元挂钩，金价与纸币等价。那怎样做到纸币相当于珍贵的黄金？还给美元取了个名字叫美金，就因为美联储地库里储备了大量的黄金，以此来支撑纸币的价值和持有美元者的信心。

今天股市为什么黄金股会如此坚挺？老祖宗早就留下了一句名言：盛世兴收藏，乱世兴黄金。那本名著《货币战争里》也有很多启示。

每当遇到突发事件，比如美国打死伊朗将军的时刻，黄金就开始飙涨，冲破了近几年的最高点，随着两国争端的缓和金价才稍稍回调。

对未来充满悲观，同样会促使黄金坚挺或反弹。这是人们提前布局的结果，人们的智慧、经验、判断会提前反映到保值的金子上。

黄金已经持续上涨将近一年了，从最初的 280 多涨到了 340 多，一年的涨幅达到了惊人的 22%。

谁在推高金价？当然是各国政府嘛，各大有眼力的财团嘛，各个有敏锐危机感的个人嘛。这么多人需要黄金，金价能不大幅上涨么！

为什么唯独看中黄金呢？因为黄金有保值增值功能，它的保值功能来自稀缺。据说地球黄金资源的一半以上已经被发掘，黄金作为不可再生的资源，将会越来越珍贵稀缺。稀缺性让黄金的贵金融属性更加得到强化。

同时黄金还有普遍的佩戴装饰功能和工业产品使用功能。最重要的黄金从古至今确立了无形的货币属性权威，这更加深了黄金的独特地位。

假如碰到极端情况，纸币一夜之间变成了一堆废纸，人类社会这样的例子数不胜数多了去了。什么房产、股票那也是一泻千里，毫无任何抵抗能力。当然，碰上伟大的国家和伟大的政府，会和大家共同面对困难，以极强的毅力共克时艰。

无论如何，没人怀疑黄金的保值性。历史上那些动荡年代，只要兜里揣块黄灿灿的金砖，哪怕背井离乡，哪怕颠沛流离，随便你走到哪里，所有人都认这个东西，你掏出来就能置换粮食和遮体的房产衣物被褥，不至于流落饿死街头。

多数年轻人没经历过动荡年代，你跟他们说过去就跟说天书一样，他们会睁着奇怪的眼睛看着你：叔叔你暴露年龄了！

防微杜渐、有备无患 、未雨绸缪、曲突徙薪……我们老祖宗留下了多少伟大的智慧，用各种典故和成语来警示后人。历史永远在重复。君子不立于危墙之下，年前有多少人抱着侥幸心理买进了股票，以为春节年后会开门红赚个盆满钵满，不知道泥沙俱下岂有完卵？今天股票全部跌停，想走也走不了啰。

早上还有在问我：叔叔，股市大跌，要不要抄底啊？我心里冷笑几声：幸亏我没有害你之心，不知道“底下面还有地狱”吗？叔叔我可是从地狱里爬出来的哟。历史总是惊人的相似。好了伤疤忘了疼的故事总爱循环播放。

今天总算黄金股没有跌停，跟我昨天的预测一致。我去年在朋友聚会扯淡时有过几次对未来的预测，结果不幸言中我也就成了他们眼中的半仙儿了。

我不是什么半仙儿，我只是根据我几十年的见识和读过几本书得到了一些人生经验而已。跟那些算命的人一样，只是会看你身上暴露的蛛丝马迹从而推算出你的命运一个道理。

我今天还要大胆预测一回：黄金在未来很长时间还将是硬通货，它们的储备保值功能依然会坚挺很长时间。我不建议你去投资黄金品种，但建议您手里揣点金子。未雨绸缪，有备无患啊。

万一什么事也没有，那就谢天谢地，您可以把黄金打成大金链子戴上，据《本草纲目》中就有记载：黄金，镇精神，养容颜坚骨髓通利五脏。

听见没？意思很明白，戴黄金可以美容。难怪“山炮”们有这么多美女喜欢。

有什么比黄金更珍贵的东西吗？当然有啊！那就是信心，在冠状病毒肆虐的今天，众志成城、战胜病毒的信心比黄金珍贵一百倍。加油武汉！加油中国！

关于思想

思想不是天生就有的，思想需要通过训练才有的。从古至今，大学是训练思想最重要的基地。从孔夫子开设“杏坛”起始，除了老师讲授百家诸子学问，还鼓励学生们之间进行辩论，许多深奥的道理和观点，通过辩论逐渐明晰。

事不辨不明，大学至今还鼓励学生之间辩论的，过去华人圈甚至还有大学生辩论大赛，许多才思敏捷出口成章者通过辩论大赛脱颖而出。

大学训练学生的思辨能力，有一套系统完整的理论体系，只有系统接受过高等教育的人，面对问题的时候，多数人容易从客观角度去分析问题，从而得出较为真实、公正的结论。

中国几大古代书院，都有师生、学生之间辩论的传统，特别是长沙岳麓书院，几千年延续不断，培养出了许多思想新锐、经世致用的创新人才。魏源、曾国藩、左宗棠、王夫之、蔡锷等等，在世事多变、动荡不安的时代，依然有超前的勇气和智慧，不受时局的束缚影响，开创出全新独特的局面，引领时代思想潮流奔涌向前。

我曾经在岳麓山树林里，看见一位湖南大学的教授和学生们在树底下进行激烈学术辩论的场面。当时我站在旁边看了一个多小时，真的为他们活跃的思想火花而感到激动不已。

独立思考，才能开启思想的深度闸门，让腹中的诗书活学活用，涌现出有别于普通人的开明独特的思想境界。记得某著名人士说过：假如生命之中没有广阔、深邃、真实的东西存在，那它在我看来一文不值。

人是生活在不同的信息圈子里的。为什么要注意那些上层人物和知识分子的言行和反应？当然马屁精谄媚知识分子除外，因为知识分子和上层人物对社会的信息来源广，掌握的真实情况较多，对社会了解全面，能看清问题的本质。反过来，知道得少的群体就容易蒙昧、偏执、乐观、无谓、一窝蜂、相信一家之言。

如今，我们很多信息都来自手机。可是网络信息都是碎片化，不是系统完整的知识体系，多数东西很肤浅很偏执的，甚至部分公号捏造理论企图引导受众的判断。季羡林老先生很鼓励年轻人读名著，因为名著让人思维系统化深刻化。而鸡汤没有营养，只会越看越蠢。网络信息吸引眼球经常极端化，为了追求点击量经常用雷人的标题，比如“房价要涨到 80 万平方米”“真的疯了，某国毫无底线”等等。

而我们习惯去找信息，带着自己的积累去找，去找对自己有利的喜欢的信息，从而不断强化自己的偏见。都按自己偏见去寻找你要的世界，所以最终你跟真实世界没有关系。网上寻找信息的过程就是强化你偏见的过程。每个人都按自己的偏见去看待这个世界。

独立思考来自受到的教育，或者来自深厚的人生阅历。综合性大学的学生又要比专业性的大学的思想独立性更强。但是，大学的思辨训练只是开启思想独立闸门的钥匙，要强化思想的深度必须通过深入观察社会、丰富的社会经验、通过阅读书籍报纸杂志、通过游历观察外部世界、通过和高人对话交流等等来进一步提高。

许多年轻人不爱看新闻，他们的父辈却看得津津有味，因为他们看懂了，甚至看懂了新闻背后的新闻，那就是事件背后的真相和本质。社会生活中，不论正面还是反面，都有一个正确的角度让你看清事物的本来面目，这就需要集合你大量的知识体系来分析判断，而非浅层次的只看事物的表面。

人对事物的判断，分为感性认识、理性认识、知性认识。感性认识是最直接最原始的判断事物的方式，凭着感情来判断事物的对错，把对世界的认知交给了情绪。理性认识，通过自己的喜好加上自己的人生经验来给事物做出相对客观的理解。知性认识，通过知识体系的分析判断，冷静客观直戳事物的本来面目，通过看清事物的本质来得出结论，从而进一步影响自己的行为。

人和动物最大的区别，就是我们具备了思想。大猩猩其实也很聪明，它们的捕获猎物的过程中，也知道采取“迂回包抄”的方法来帮助提高捕猎的成功率。可是猩猩的行为不能称之为智慧，更不能称之为思想意识，只能称之为聪明。思想可以看到事物背后的深奥本质，聪明仅仅是为了解决生计问题。

弗洛伊德、牛顿、爱因斯坦等等伟大的科学家思想家仅仅靠聪明是远远不够的。他们必须依靠严谨缜密的逻辑思维能力，用大量的“算法”得出庞大的数据，通过数据来得出事物的规律和变化，从而进一步得出万事万物的本质特征。

怎样写出好文章，看待分析问题的深度直接影响文章的质量，这也是我最痛苦的地方。要想让自己变得聪明，进而达到思想的深度境界，唯一的方法：就是接受良好的教育、多读书读好书、尽可能深度游历世界和与高人对话。一旦修炼到具备一定的逻辑分析能力，通过逻辑思维去抽丝剥茧般的思考看待问题，对事物的正确认知就迎刃而解了。

石头的故事

几块破石头，竟然放在了作家协会酒店清雅脱俗的大堂里。进进出出那些文人雅士们兴高采烈、谈笑风生地从石头们身边走过，没什么人多看一眼这些灰头土脸的石头。

我对这些石头产生了兴趣。办理完作家研讨班报到手续，放下行李，我直奔石头，仔细端详一番。

这些石头放在一张原木长条桌上，旁边摆放有书法作品和各类瓷器。在酒店大堂柔和灯光下，书法作品韵味浓厚，瓷器光彩照人，甚至那些古朴自然的原木桌案也引人瞩目，惟有那堆石头，显得色泽暗淡、灰不溜秋。

我不甘心就此放弃石头。我想它们能登堂入室，必有过人之处啊。我低着头，用手拿起放下，仔细观察揣摩石头们的不同凡响。

我是个爱石头的人。车行祖国万里河山，所到之处，只要有裸露的石山石滩，我必定低头弓腰，期盼能发现那些天赋秉异的石头。

只可惜，那些光彩夺目的石头，经不住来往行人探寻发现的目光，早就被各色人等收为囊中之物了。剩下的，只是那些灰头土脸没有收藏价值的顽石。

我还算走运，海阔天空游历途中总还能发现一些宝贝。某次误入青海一无人区，在荒原之上惊现神秘的金色湖泊，我在清澈见底的湖水里捞起了一块黑白相间的石头，上面几个古代人物形象栩栩如生，从此被我视为宝物珍藏起来。

我最终没有发现作协酒店大堂这些石头的特别之处。这时，一位路过的学友笑嘻嘻拍拍我肩膀说道：这些石头都是普通的麻石，没什么收藏价值，我家里收藏了很多奇石，有空欢迎你来看看。

经学友这么一说，我也就更确定这堆石头属于粗陋普通的顽石，不值得浪费时间再多看一眼。

学习生活紧凑而精彩。名家大师逐个杏坛开讲，四方弟子心无旁骛、聚精会神听课。

65 个人，65 颗滚烫的心，散发着 65 种各具特色的光彩。学友们被老师精心挑选而来，汇聚在毛泽东文学院这个文学艺术的“雕刻圣地”。

知识就是力量。名师们的讲座，仿佛就是那把锋利的刻刀，一凿一凿地去掉那些尘封在思维上的灰暗表面，逐步雕刻出蕴藏许久的亮色来。

20 天里，我熟悉了同学们的每一张笑脸。光彩照人必定惹人怜爱，不苟言笑者也不乏平易近人。我习惯去观察那些默默无闻的学友，人生阅历告诉我，不可轻视任何人，此刻的暗淡不等于未来不会迸发光彩。

我明白了老师的良苦用心，高规格的作家班里，除了德高望重的老作家，英气勃发的中年才俊，还给稍显稚嫩的青年们留出一方位置。

“他们的文笔还欠火候，但只要热爱文学坚持创作，经过打磨会让人刮目相看的。”某位前辈大咖坚定地说。

天下所有的美玉不都是从打磨中诞生出来的吗！韩非子曰：王乃使玉人理其璞，而得宝焉。最美的玉，都曾经是包在粗陋的石头之内的。

我确信毛院的恩师们，他们在前十八期作家班的实践中，一定练就了识人育人的火眼金睛。

很快，毛院的学习生活就要结束了。我特意去楼下大堂和熟悉的一切告别。我又来到了石头的身边，摸摸他们依然灰暗的身子。

在另一侧的角落里，我突然发现了一块有些特别的石头。我赶紧走近低头一看，奇妙的事情发生了，石头的表面竟然生长着繁茂的植物图案，活灵活现呈现出一种极其雅致高贵的山水画意境。

我忍不住脱口而出：真高级！

原来，这些摆放在作协酒店大厅里的麻石，其实并不普通，只是它们大部分石头的美妙没有被打磨出来而已。

大盘子中盘子小盘子

一大早，我就听见餐厅的那些盘子在吵架。我躺在床上，外屋就像个马蜂窝，嗡嗡嗡嗡让我的懒觉无法继续。

我想听听他们到底在吵些什么？尽管我大概知道他们会吵些什么。我自认为作为聪明人，很多事情会有个预判，有时候预知还挺准确，这让我不免有些沾沾自喜。

我推开房门，一股口水的气息扑面而来。我看见桌子上的那个大盘子气得浑身发抖，用手指着那个红色的中盘子说："你竟然敢耍赖，你特码的打牌净耍赖，过去看在你穷的份上，我睁一只眼闭一只眼，结果你得寸进尺……"

红色中盘子一脸委屈："我没耍赖啊，我虽然赢了点，可是我也熬夜了啊。"

大盘子一脸愤怒："你还想抵赖，你一贯狡猾，破坏规矩只进不出，我可是掌握了你太多证据，我实在对你忍无可忍了，如果你这样耍赖下去，我们不陪你玩了。"

有几个小盘子犹豫片刻，其中一两个跳出来帮腔："对对对，大盘子说的没错，我们也早发现中盘子不但打牌耍赖，还经常暗地里欺负我们几个小盘子，好几次差点儿把我们挤到桌子边上。”

小盘子中有两个本来和红色中盘子是一个窑里烧出来的，怎么着也算是一家人，按道理应该一条心才对。可是后来，中盘子坚持要在盘子里装刺激的辣椒大蒜，而两个小盘子喜欢不断更新色拉土豆鹅肝牛排等等。从此，三个亲戚分道扬镳，越来越看不惯对方。

红色中盘子本来还有几个朋友，后来因为辣椒大蒜实在刺激，各大小盘子都渐渐疏离。只有几个见钱眼开的黑色小盘子，或主动或被中盘子用钱拉拢，若即若离地保持某种奇怪的“朋友关系”。

红色中盘子始终觉得自己盘子里的大蒜辣椒味道最美味，并通过各种方式把菜品装饰得很华丽。可是，对大蒜辣椒感兴趣的盘子越来越少，因为不仅单调，味道又实在太刺激，搞得周围空气污染不堪忍受。

红色中盘子不是省油的灯，他在窑里烧制的时候就听到不少和盘子打交道的计谋。红色中盘子环顾四周，身边另外还有三个中盘子，若干个小盘子。中盘子设法拉住其中的一个白色中盘子，这个白色中盘子有些穷，但是力气大，中盘子就适时给对方一些好处，希望白色中盘子关键时刻能帮到自己。再说了，白色中盘子跟大盘子也有矛盾，敌人的敌人就是朋友。另外，红色中盘子身边的另两个中盘子黄色中盘子和棕色中盘子，其实都是大盘子的哥们儿，但他们的关系也不是铁板一块。红色中盘子为了不让自己腹背受敌，着实想了不少办法化解矛盾。比如红色中盘子就激化了棕色中盘子和邻居棕色小盘子之间的矛盾，让棕色中盘子腾不出太多精力来对自己使坏。

可是，事情没那么简单，哪怕表面看起来友好的白色中盘子，也是心怀鬼胎，知人知面不知心，盘子之间也是如此。没有永远的朋友，只有永远的利益。关键时刻谁也靠不住。

最近红色中盘子特别烦。本来规划着更新花样，盘子里的辣椒大蒜改成辣椒炒肉、辣椒炒鱼、大蒜拌大片牛肉……然后再准备让两个小盘子亲戚也一样装上新花样。可是大盘子不能容忍红盘子这么干，因为大盘子认定红盘子不守规矩，不能让红盘子再呼风唤雨特立独行，担心红盘子会把桌子搞得一团糟。大盘子特别不能容忍红盘子打牌耍赖，还准备把土豆用辣椒炒，牛排用剁椒蒸，鹅肝撒上辣椒粉，在色拉里放大蒜，这等于在强行改变大盘子立下的规矩，抢夺大盘子的既有利益。

如果红盘子继续我行我素，大盘子威胁提高红盘子辣椒大蒜的进货成本，阻断红盘子更新花样的能力，挑拨红盘子和邻居的关系，甚至准备把红盘子挤出桌子，让红盘子混不下去。

糟糕的是，红盘子的两个小盘子亲戚这时也来添乱，纷纷表示要断绝和红盘子的关系。小亲戚的背叛，让红盘子难堪至极。本来属于家务事，结果惹得全桌子盘子来看笑话。有的盘子还指手画脚，特别是大盘子，明里暗里支持两个小盘子换颜色，远离亲戚红盘子。红色中盘子左右为难，本想揍两个小亲戚，可是担心把事情闹大不可收拾，暂时只能骂骂咧咧期待转机。

都说时间可以改变一切。可是对红盘子来说，一切变得越来越紧迫。大盘子逐渐变得坚定，决心阻断红盘子在桌子上生存下去的空间，准备彻底实施对红盘子的全面挤压，让红盘子不是碎裂在桌子上，就是被挤出桌子掉地上打碎。

最糟糕的是，红盘子里那些充满油水的辣椒大蒜，渐渐在生蛆腐烂。那些蛆有的偷偷离开红盘子，带着一身的油水爬向大盘子。红盘子被迫采取措施，用生大蒜在盘子四周垒了一道墙，防止蛆虫外逃。

红盘子的未来扑朔迷离。到底是选择改弦更张，和周围的盘子融为一体，还是选择围墙高垒，与周围盘子老死不相往来？或者强行揍两个小盘子亲戚彻底让他们也装上辣椒大蒜？很显然，后两个不看好，基本在走绝路，风险极大，搞不好被内外勾结，被众盘子一顿群殴。

不论走哪一条路，红盘子都很艰难。红盘子自从窑里烧制出来后，就命运多舛。只有在自身的瓷土颗粒十分凝聚的那几个时期，他的命运才有所转机。目前来看，红盘子自身的颗粒有些松散。他们有的不喜欢辣椒大蒜的味道，有的向往大盘子里菜品常换常新，有的痛恨蛆虫吃里爬外，有的渴望拥有盘子里菜品的平等分配权……

熙熙攘攘，纷纷扰扰，我被桌子上的盘子们吵得彻底睡不了懒觉。算了，我准备出门溜达去，也许能碰上个幽静山谷，树荫下，听听鸟鸣，吹吹清风，看看野花，远离那些盘子们的嗡嗡喧嚣。

有关幸福的疑问

人的一生都在追求幸福，可是幸福就像在跟你捉迷藏，找来找去好像快要找到了，仔细一看结果不是。幸福到底是什么？怎样才能找到幸福之路？真正的幸福到底隐藏了什么秘密？

齐豫唱的那首《祝我幸福》让人飙泪：我慢慢品雪落下的声音，闭着眼睛幻想它不会停……可是睁开眼睛，漫天的雪无情，窗外如此好风景，却无人陪你看这诗意世界的光景。

求之不得，是剥夺人们幸福的最大根源。人一出生就进入欲望的魔咒，开始胡乱抓那些好看的玩具，抓不到就哇哇大哭。

升学、择校、考试、就业、升职、加薪、名利、爱情、物质……人一辈子都在欲望的旋涡里沉浮。

追名逐利，以为能通向幸福境界，结果到最后发现这完全违背了自己的初衷。职位有了，却患得患失；财富有了，却兴味索然；名望也有了，却惹来一大堆的是是非非。想打退堂鼓，却又那般骑虎难下左右为难。

哥哥张国荣这么有名，谁也不会想到他选择了纵身跳下一了百了。天后王菲家喻户晓名利皆得，可她唱起了梵音竟会泪流满面。齐豫刚唱完

《祝我幸福》，心向菩提清音响起《般若波罗蜜多心经》五蕴皆空祈求除去一切世间苦。

他们有名有利应该幸福才对啊！这不是大多数人追求的结果么？怎么到头来成功了反而追求解脱呢？

更有鼎盛时期内遁入空门敲经念佛者。从古至今，从皇帝到天才，在盛极时刻突然选择了佛门的比比皆是，让芸芸众生百思不得其解。这迷惑了我们追求幸福的方向。

有权、有势、有钱这都是大家做梦都想要的啊，这是衡量一个人是否幸福的基本准则啊，你们怎么就这么轻易放弃了，为什么呢？就连皇帝都不留恋权力，都要写下“为君难”呢？

成功人士丰子恺、李叔同当年决绝离开凡尘，让许多人为之错愕。李阳、李娜，天才少年宁铂等等削发为僧，让世人十分的不解。

他们应该是追求幸福去的，不知道他们是否找到了幸福的真正秘密？也许在他们晚期的诗书画歌作品中能找到答案。

物质财富能否给人带来幸福？回答应该是肯定的，要不不会有这么多人乐此不疲。生活得到改善，买了更大更好的房子，有了更好的车子，得到了自己想要的东西，内心将会产生满足愉悦感，也就有了基本的幸福人生。

满足了基本的生活需求，人就会去追求喜欢的东西。个人爱好和个人对精神的追求变得理所当然。有人喜欢旅行，在诗和远方里得到幸福。有人喜欢不断追求事业，在成功路上得到收获的喜悦。有人喜欢收藏或书画，从艺术中提升自己的精神境界……

也有人沉浸在肉欲感官的刺激里，寻求一种短暂的感官享受。比如在酒吧里把自己灌醉，暂时得到某种程度的愉悦。在麻将桌上赌输赢，暂时得到一种打发时间的满足。在网吧里打游戏，你来我往间刺激着全身兴奋的神经……

可是，有些追求幸福的方式，看起来理所应当的，最终的结局也许将背道而驰。部分被称为低级趣味的爱好，注定在迂腐的泥沼里越陷越深，不但自身得不到愉悦，反而给生活带来无穷无尽的烦恼。

马未都教育自己的儿子：你什么都可以去尝试，唯独两件事绝对不能沾，赌博和吸毒。马老爷子见多识广，一定见识了这两样所谓的感官刺激带来的危害。

小赌怡情，一旦上瘾身不由己。那些好赌之徒，赌债纠纷层出不穷。追赌债的上门堵锁眼砸门喷油漆的事没少见，被赌债逼死人命的事也常听说。自古好赌者没有几个能有好结果，离幸福那更是遥不可及啊。

吸食毒品的危害就不用多说了，这是一条不归路，吸食毒品短暂的快感将带来无穷的灾难。

追求幸福之路似乎进入了一个死胡同，好像人生里没有什么能带来持久的幸福。

我在游历的途中，也在观察不同的人群追求幸福的方式。各个族群人种之间虽然对幸福的标准有差异，但是从大多追求幸福方式来看，还是能总结出一些规律。

西方社会、非洲社会和东南亚地区的人们普遍物质欲望不太强烈。西方发达国家的人生活简单质朴大有人在，豪车名牌服装极少有人追捧。西方人更注重自己的内心。

我们常常嘲笑黑人和东南亚人懒惰，却没有想过这是深入他们骨髓的一种顺应自然的生存境界。他们绝对没有宏大的物质渴望，每天在闲散状态下知足常乐，不急不缓地把日子过得很淡然。

我刚去过印度和尼泊尔，面对机场关口工作人员的慢节奏，实话说我这么闲散的人都适应不过来，焦急地等待他们慢吞吞地签证放行。

可是通过几天对他们的观察，我从最初的不适逐渐感受到了一种不同寻常的安然祥和。明白了他们脸上表情松弛和善的深刻内涵。表面看似周围很无序很嘈杂甚至很脏乱，可是落后表面下蕴藏着丰富的精神营养。相比繁华奢靡，他们拥有顺天应人的心安。

当我们进入黑人的部落时，当我们路过东南亚人的村庄时，一群衣着朴素的人群无拘无束随着鼓点肆意欢歌热舞的时候，你能说我们比他们更幸福吗?

有人迷信宗教，有人迷信赚钱，有人渴望富贵，有人期望平淡……出发点都朝着一个目标——幸福。身在福中不知福，或是对别人的羡慕，抑或是对自己的警醒。

急躁常常影响我的幸福感。签证太慢急躁不安，车速太慢急躁易怒，股票不涨急躁冒进，官运迟滞急躁心烦，创作灵感缺乏急躁难受……

我一度以为我找到了幸福，可是后来发现我的幸福没有普遍意义。没有几个人愿意或者受得了我享受的幸福。在独处中有幸福感，让我常常感到不真实。可能清净自在无意中顺应了某些宗教规律没有过多烦恼的原因吧。

幸福秘籍有共通也有独特。因此，我也就不去过多推销我的幸福生活秘密。因为大多数人都有自己笃定的幸福追求。或者在追求的过程中不断感悟不断调整。

似乎宗教得到了终极幸福的秘密，可是六根清净祛除执念在凡人眼里太消极，哪怕受尽了伤害也不会靠近宗教智慧半步。哭过笑过，心里再不好受，当别人一问起来，脱口而出的还是那句“没事”。

全世界耐受力最强的民族或许是中国人。为了父母的感受，可以放弃爱情和不爱的人在一起。为了成功，可以自己委曲求全忍受一切。为了养育孩子，可以牺牲自己的生活品质奋不顾身……

一个不注重自己幸福感受的人其实是最伟大的人。一句责任，一句家和万事兴，背后是多少的忍辱负重。可在外人面前，还得把幸福常挂在嘴边。

又到过年了，那句重复了很多遍关怀的话早已在耳边响起：还是要成个家，养育一个孩子，有家才幸福。

我相信世俗生活应该是幸福的，要不怎么这么多人都要按图索骥呢。我很想在父母身边好好享受天伦之乐，只是害怕待久了家里的气氛会逐渐冷却，生活观念节奏的差异会让老人家忍无可忍：年都过完了你怎么还不走啊?

除了高深的哲学，幸福之道其实可以返璞归真，有一些朴实的道理清晰可见。

依赖是幸福的杀手，一旦依赖就被动了。不去依赖任何人，人生注定是一场独行。独立是幸福的“护身符。”经济独立，生活独立，情感独立，思想独立。

幸福，就是有一双发现美的眼睛。你看到的美的东西越多就越幸福，努力去接近一切美好的东西，不论是旅行、艺术、自然、细节，还是人性。

凡是行善向善之人，不易与恶事结缘。多行善事，为了做一个幸福的人。

幸福是上帝赐予的丰盛礼物。老天在送你一个大礼物时都会用重重困难做包装，但任何时候都不要放弃底线，只有心灵站直了生命才不会倾斜。

很多时候，那些懂得放下的人往往是聪明人。放下不丢人，放下的程度，就是快乐的高度。

我坚持我的人生哲学：人到了一定年龄要为自己活。生活在生命里无比重要。45 岁前要不顾一切拼搏，45 岁后逐步放弃享受幸福。祝你幸福!

永不悲观

悲观是一剂毒药，它可快速消灭你的希望之光。悲观者背着阳光，永远低着头看到的是自己黑暗的影子。

春天到了，两个初中生要随父母出游。一个兴高采烈，他脑子里全是春天的鸟语花香。另一个却满脸愁容，他想到的是路上的泥泞和到处飞舞的蚊虫。

同样两个学越南语的学生，一个很悲观，觉得这么偏门的小语种，毕业之后肯定前景黯淡，后来他很快就改行了。而另一个充满激情，一直苦苦钻研越南语的精髓，他很快成了独一无二的越南语同声传译专家，每次国家领导人出访、重大国际活动都能看见他的身影，他成了炙手可热的人才。

同样是人，会有截然不同的人生态度。悲观者和乐观者在面对同一个事物和同一个问题时，会有不同的世界观，也就会造就截然不同的人生风景和结局。

从历史大事件来看，历史上那些悲观者往往都是祸国殃民断送了大好河山的主。而乐观者往往能在危难时刻看见曙光，用自己的积极态度去影响身边的人。

当年红军在那样不利的形势下，一路上敌人围追堵截，行军路线艰难险阻，吃着草根野菜，许多人开始动摇，怀疑这样下去还能撑多久？可是毛泽东用自己乐观主义的精神，在长征路上写下了许多充满激情的诗歌，《忆秦娥·娄山关》《七律·长征》《念奴娇·昆仑》等多首诗词，以此鼓舞大家奋勇向前，直到最后取得伟大的胜利。

从个人来说，乐观坚强的意志力可以取得意想不到的收获。俺的童年充满悲观色彩，无依无靠，生存困苦，前途渺茫，奶奶常常发愁“看不到你以后的前途。”可是俺一点都不悲观，经常脑子里想象着自己未来的美丽人生。

俺从来不信邪，什么都敢去尝试，碰一鼻子灰重新再来。俺凭着跟中学音乐老师学的那么一点点音乐基础，自己出去考艺校，考不上想其他办法，条条大道通罗马。最后跟随我考试一起睡车站的几个小伙伴都退缩了。我不退缩，我眼里全是希望。

我死缠烂打，最后感动了别人，我得以旁听生的名义进入艺校学习。这是一次难得的机遇，对我来说，我可以比较系统地学习艺术，可以接触到外面的世界，可以增长我的见识。

我是旁听生，毕业后没有工作安排，同学们对我的前途都感到悲观。我一点都不悲观，我边学习边琢磨自己的长处短处，扬长避短，然后发扬长处持之以恒。

事后证明，我对自己的判断是准确的，加上时代给予的机遇，全国电视业大发展，工作中不停地摸索学习，一番摸爬滚打，顽石总算磨出了点亮色。后来俺作为特殊人才引进，进入大杭州大上海，迎来了属于自己的那片天地。后来为何敢于大胆做出人生变动，也在于乐观起了作用，我要过自己喜欢的生活。直到今天，我从不悲观，我敢于尝试新事物，我敢做过去不敢想的事。我想写书做作家，我想画画做画家，我想拍电影做导演。老夫聊发少年狂，这不是轻狂自大，而是了解世间规律后的一种淡定从容。只要努力了成功失败都不重要。你的每一个步都不会白走。

我多次和刚毕业的小朋友们讲，你们要敢于尝试。有些刚毕业的大学生总是局限在自己狭小的空间里，不敢冲破空间去闯荡，怕什么呢？不是名牌大学就不能给国务院各部委寄简历？就知道跨国大公司你一定进不去？你不试试怎么知道呢？不要以自己的固定思维看待一切问题，大胆去试大胆去闯。再说了，再难的事，也许有个意外惊喜在等着你呢？你去读名人传记，多少著名人士就是敢于尝试而成功的。

今天是清明假期，“雨纷纷，欲断魂”古人把死亡看得悲悲切切。俺认为没这个必要，死亡一定是终结么？你哪来的依据？你对这个世界这个宇宙真相了解多少？对人的真相了解多少？我估计人类对真实世界的了解十万分之一都不到。也许，死亡根本就不是终结，而是另一种重生，死亡者只是肉体消失了，他们其他某种形式的生命还存在于另一个维度空间里，只是我们看不到他们而已，就如我们看不到宇宙暗物质一样。他们不是什么鬼啊神的，他们还是一种自然存在。这个问题也需要乐观对待，就能减除对死亡的恐惧。

为生活琐事悲观就更不应该了。佛家智慧说“境由心造”，你心里想什么你眼里的世界就是什么，你看这个人不顺眼，他好的一面也变成坏的。心里不明朗，看到的世界都是灰暗的。内心惧怕什么，什么就偏偏靠近你。所以，多调整自己的心境，多拥有积极乐观的心态，多反思自己的不是，多站在别人的角度考虑问题，乐观开朗过好每一天。

永远不要丢掉乐观，不管多严峻的挑战向你逼来，你都要努力寻找有利的因素。不要把悲观作为保护你失望情绪的缓冲器。乐观是希望之光，能赐人以力量。祝你成功！